KB083272

스토리
동의보감

스토리 동의보감: 『동의보감』 속 이야기로 풀어보는 몸과 병과 삶

발행일 초판1쇄 2021년 7월 28일 | **지은이** 박정복
펴낸곳 북드라망 | **펴낸이** 김현경 | **주소** 서울시 종로구 사직로8길 24 1221호(내수동, 경희궁의아침 2단지) |
전화 02-739-9918 | **팩스** 070-4850-8883 | **이메일** bookdramang@gmail.com

ISBN 979-11-90351-90-4 03810 | **Copyright ©** 박정복 저작권자와의 협의에 따라 인지는 생략했습니다. 이 책은 저작권자와 북드라망의 독점계약에 의해 출간되었으므로 무단전재와 무단복제를 금합니다. 잘못 만들어진 책은 서점에서 바꿔 드립니다. 책값은 뒤표지에 있습니다.

책으로 여는 지혜의 인드라망, 북드라망·**www.bookdramang.com**

스토리
동의보감

『동의보감』 속 이야기로 풀어보는 몸과 병과 삶

박정복 지음

BookDramang
티 북드라망

목차

머리말

스토리로 읽는 『동의보감』

6년 전, 감이당 공부 2년차였을 때, 감이당 학인들이 고전을 풀어 읽은 낭송집 28권을 만나게 되었다. 동양 고전들을 낭송하기 좋게 엮은 책이었다. 약간 도톰하면서도 한 손에 딱 잡기 좋은, 내 손바닥만 한 자그마한 직사각형의 사이즈가 눈길을 끌었다. 읽어 보고 싶은 마음이 들게 하는 책들이었다. 그 28권 중에는 『동의보감』이 4권이나 들어 있었다. 의아했다. 『동의보감』은 몸의 생리와 병증과 처방이 가득한 의학책인데 고전이라 할 수 있나? 고전은 삶의 지혜를 일깨워 주는 인문 책이라고 생각했기 때문이다. 의학은 병을 다룰 뿐이고 병은 삶과 관련이 없는 줄 알았다. 의술도 사람의 고통을 덜어 준다는 점에서는 위대하지만 병을 고치는 기술 정도로만 생각했다.

나중에 감이당 홈페이지 블로그에 앞의 낭송집 가운데 한 권을 읽고 리뷰 한 편을 올리게 되었을 때, 그 읽고 싶은, 쟁쟁한 고전들을 제치고 『낭송 동의보감 내경편』을 택한 것은 이런 의문을 풀기 위해서였는지도 모르겠다. 인간이 우주와 닮은 점을 열거하고 있는 철학적인 내용이 서두에 나왔는데 의학책에 이런 내용이 있다는 게 생소하면서도 신선했지만 이해하기가 좀 어려웠다. 당장 리뷰를 써야 하니 좀 쉬운 글감을 찾아야 했다. 드디어 내 눈에 들어온 게 있었다. 그것은 쉬울 뿐 아니라 재미 있기까지 했다. 스토리, 임상스토리였다. 어디 사는 누가 어떤 병이 났는데 어떻게 고쳤다는 스토리. 길이는 짧지만 마치 소설처럼 흥미진진했다.

사랑하는 남자가 떠나 버려 상사병으로 먹지 못하고 몇 년이나 잠 못 자는 여인. 의사는 여인에게 약값을 선불로 잔뜩 받아 놓고 도망쳐 버리는데 그게 치료다. 의사의 권위 같은 것은 없다. 치료의 핵심은 분노. 여인은 화를 있는 대로 내다가 지쳐 쓰러지더니 일주일 동안 자 버렸다는 것. 치료 끝. 약은 그후에 두세 첩 준다. 분노가 약이 될 수도 있다는 게 신기했다. 분노는 상대를 힘들게 하고 자신에게도 해로운 나쁜 것으로만 알고 있었기에 고정관념이 깨지는 즐거움을 맛보았다. 그래 놓고도 그것으로 『낭송 동의보감』과는 이별했다. 공부도 시절인연 따라 하는 법이다.

몇 년 후 『동의보감』 세미나를 하게 되었다. 세미나에서 발제를 하고 후기를 쓰다 보니 텍스트를 찬찬히 보게 되었다. 이제 『동의보감』을 본격적으로 대할 인연이 온 것이다. 우선 그 어마어마한 분량이 놀라웠다. 이래서 낭송집이 4권이었구나. 또한 처방 못지않게 아니 처방보다 담론이 많다는 게 놀라웠다. 몸에 대해서뿐 아니라 우주 자연, 기후, 역사, 철학 등이 종횡무진하게 병과 섞여 있었다. 마음과 감정이 어떻게 병과 얽혀 있는지도. 병에 대한 책인지 삶에 대한 책인지 헷갈렸다. 병과 삶, 죽음과 삶의 경계가 모호했다. 책의 중간, 끝 어디를 펼쳐 보아도 그랬다. 왜 고전인지 알 만했다. 고전이 '삶과 죽음의 장벽을 관통하는 것'이라면 병이 등장하지 않는 고전은 없다는 생각이 들었다. 『동의보감』이야말로 고전 중의 고전, 인문의학(人文醫學)이었다.

그러나 다시 감이당 블로그에 『동의보감』 리뷰를 연재할 기회가 왔을 때 고민하게 되었다. 『동의보감』에 운 좋게 접속은 했지만 그것은 글로 쓰기에는 너무 광활하고 심오한 고원으로 느껴졌다. 우주 자연과 깊이 연동되어 있는 세계에다 어려운 의학용어들도 막아 세웠다. 무슨 방법이 없을까 하던 차에 문득 스토리가 떠올랐다. 처음 접속의 인연이 되어 주었던 임상스토리들. 세미나에서 읽을 때 쉽게 눈에 뜨이지 않았던 것은 방대한 분량 속에 아주 드문드문 박혀 있었기 때문이다. 스토리를 한 번 찾아 보았더니 놀랍게도 『동의보감』 끝까지 스토리가 있었고, 이 스토리 덕분에 방대한 분량의 『동의보감』을 끝까지 읽을 수 있었다. 병이 난 이유와 치유의 방법 등이 구체적인 삶의 모습으로 드러나 있는 스토리를 통해 의학에 친숙하게 다가갈 수 있었으며 동시에 삶과 연결해 몸을 탐구해 볼 수도 있었다. 이것이 바로 스토리의 힘이라고 나는 생각한다.

역시 치유의 스토리는 어느 것을 읽어 보아도 재미있고 발랄 유쾌하다. 담론이나 처방에 비해 양은 많지 않지만 그 스펙트럼은 넓고 다양하다. 폭소를 자아내는 유머뿐 아니라 눈물 없이 읽을 수 없는 애처로운 장면도 있고 소름 돋게 하는 무시무시한 호러물도 있고 남녀의 멜로도 있다. 오늘날과 비슷한 심각한 사회문제도 나온다. 민담 같은 옛날이야기도 있고 신분도 다양한 남녀노소가 다 주인공이다. 민중적 고난 속에서 발병한 사람도 있고 끝없는 탐욕으로 더 이상 처참할 수 없는 지경에 이르기도 한다. 구도하는 삶으로, 굶주림으로 치유하기도 한다. 병으로 병을 치유하기까지 한다. 허준의 시대인 조선 중엽에 사람들이 어떻게 살았는지 그 세시풍속들을 리얼하게 엿볼 수도 있다. 속이고 웃기고 울리는 의사. 환자와 의사가 지지고 볶는 이야기들. 의학책이 이렇게 재미있다니 예상 밖의 일이었다. 이런저런 재미에 이끌려 이 스토리들을 다시 해석하는 스토리를 내 삶과, 오늘날의 모습들과 연결하여 써 보았다.

그러다 보니 병이 다양한 삶들을 창조하고 있다는 것을 알게 되었다. 병을 빌미로 새로운 삶들이 펼쳐지고 있었다. 삶의 기술이 가득했다. 치유의 스토리는 그 자체가 하나의 새로운 삶이다. 병 이전과는 다른 삶이다. 치유는 병 이전의 삶으로 회복되는 것이 아니라 병이 아니었으면 불가능했을 새로운 삶의 길을 내는 것이었다.

『동의보감』의 서두는 몸과 우주가 하나임을 언급한 뒤 곧바로 우주의 탄생과 동시에 병도 탄생한다는 내용으로 이어진다. 병은 삶의 필연적 조건이라는 것. 병은 새로운 삶을 살라는 우주 자연의 메시지, 혹은 장치가 아닌가 한다. 잠시도 쉬지 않고 변하는 자연 환경에 적응하기 위해 변하라는 메시지. 삶은 늘 새롭게 변해야 하기에 지금 치유하더라도 다시 병이 생기지 말란 법은 없다. 병은 또 생긴다. 병은 치유로 가는 길이고 치유는 다시 병으로 가는 길. 끊임없이 순환되는 고리이다. 삶과 병은 함께 가는 친구 같은 것.

이를 알지 못하면 병을 그저 나를 괴롭히는 적으로 간주하게 되고 몸은 병을 없애 버리기 위해 투쟁하는 공간이 되며 따라서 몸도 삶도 부정적인 것이 되고 만다. 『동의보감』 속 스토리를 통해서 병과 삶이 분리되지 않음을 실감할 수 있다.

『동의보감』 속의 스토리는 『동의보감』으로 갈 수 있는 여러 길 중의 하나이다. 이 글이 독자들에게 『동의보감』에 직접 접속해 볼 수 있는 계기가 되었으면 좋겠다.

* * *

연재 초부터 책을 내 볼 요량으로 글을 써 보라고 제안해 주신 북드라망 김현경 대표님께 감사드린다. 스토리로 쓰는 것에 기뻐하시며 제대로 쓰고 있는지 종종 확인해 주신 고미숙 선생님께도 감사드린다. 수시로 글을 보고 조언을 해주신 장금 샘 덕분에 고치고 또 고칠 수 있었다. 감사드린다. 글을 편집하고 블로그에 올려 준 윤하·석현·서형·승현 샘에게도 고마움을 전한다. 코로나가 우리 일상을 휩쓸기 전, 우리 지방 학인들이 자는 베어하우스에서 『동의보감』 스토리들을 재미있어 하며 얘기했던 현숙·미승 샘도 고맙다. 제주 인문학당 '홍소'에서는 매주 이틀씩 모여 인문학과 의역학을 공부한다. 『동의보감』 세미나를 하며 스토리를 함께 나눈 홍소 샘들도 고맙다. 옛날 아팠을 때 치료했던 일들을 회상하며 말해 준 언니들께도 감사드린다. 마지막으로, 매주 금요일 이른 새벽마다 공항까지 운전으로 나를 공부의 장에 연결해 주는 남편에게 고마운 마음을 전한다.

2021년 5월

제주 아라동 기자마을 한라산이 정면으로 보이는

인문학당 '흥소' 공부방에서

박정복

스토리
동의보감

1
시작하라, 두려움 없이

어떤 노인이 부역살이로 괴로워하다
가 갑자기 발광하였는데, 입과 코에서 벌레가 기어다니는 것
같다고 하면서 두 손으로 긁어 대는데 여러 해가 지나도록 낫
지를 않고 맥은 모두 홍대(洪大)하여 팽팽하였다. 대인(戴人)이
진단해 보고 말하기를, "간(肝)은 모려(謀慮)를 주관하고 담(膽)
은 결단(決斷)을 주관한다. 그런데 부역을 하라는 독촉은 심하
고 그것을 감당할 수 없으니, 간은 여러 가지 궁리를 하게 되
나 담은 결단을 못 내려 억눌린 마음이 펴지질 못하고 성낸 것
이 풀리지 않아 심화(心火)가 얽히고 쌓여서 양명경(陽明經)을
타 누르게 되었다. 그러나 위(胃)는 본래 토(土)에 속하고 간은

스토리 동의보감

목(木)에 속하며 담은 상화(相火)에 속하여 이 상화가 목 기운을 따라 위(胃)에 들어가기 때문에 갑자기 발광하는 것이다"라고 하면서 뜨거운 방에 누워서 땀을 세 번 푹 내게 하였다. 그 다음 조위승기탕(調胃承氣湯)으로 설사를 20여 번 크게 시켜 피 같은 물과 어혈이 섞여서 몇 됫박 나오더니 다음날에는 괜찮아졌다. 그 후에 통성산(通聖散)으로 조리시켰다.「내경편」, '신', 292쪽

중국 금나라 때 장자화(張子和=대인戴人)가 지은 『유문사친』(儒門事親)에 나오는 이 이야기는 『동의보감』이 임진왜란과 정유재란의 와중에 쓰였다는 사실을 떠오르게 한다. 선조가 허준에게 의서 편찬을 명했던 취지 가운데 하나는 백성들이 활용할 수 있도록 하기 위해서였다. 우리나라에서 약재는 많이 나지만 백성들이 몰라서 못 쓰고 죽어 가고 있으니 백성들이 알기 쉽게 편집하고 우리나라 약재의 명칭을 한글로 쓰라는 것. 허준은 선조의 명을 이행했다. 구하기 쉬운 한 가지 약재만을 모아 '단방'(單方)이라는 항목으로 각 문(門)의 말미에 배치한 것도 백성을 위해서였다.

이뿐 아니다. 전쟁통에 어떻게 하면 백성들이 연명하고 목숨을 구할 수 있을지 의학서들의 처방뿐 아니라 민간에서 내려

오는 요법들도 수용해서 백성들이 알기 쉽게 했다. 피난 갈 때 아기가 울면 솜에 감초 달인 물을 적셔 입에 물리라는 처방까지 있는 걸 보면 전란이라는 상황에서 쓰인 의서라는 걸 실감하게 된다. 아기가 울면 적에게 들키지 않기 위해 길에 버리고 가는 일도 있었기 때문에 백성들의 아픔을 덜어 주기 위해 생각해낸 처방이다.

그러나 아무리 백성을 위하는 왕이라 하더라도 전쟁 시에 부역(賦役)을 면해 줄 수는 없는 노릇이다. 죽더라도 전장에서 죽기를 요구한다. 노인조차 예외가 아니다. 이야기 속 노인은 지금 부역하라는 독촉을 받고 있다. 부역을 가려 해도 몸이 말을 안 들으니 노인으로선 어찌할 바를 몰랐을 것이다. 혹 병중에 있는지도 모른다. 아니 나가면 강제로 끌려가게 될 테니 어떻게든 안 나가도 될 구실을 찾으려고 했을 것이다. 이처럼 어떤 일을 꾀하거나 방법을 강구하는 것을 '모려'(謨慮)라고 한다.

모려할 때 쓰는 신체 기관은 간(肝)이다. 간은 오행상 목(木)에 배속되며 계절로는 봄이다. 봄에 언 땅을 뚫고 나오는 강한 힘의 기세로 어떤 일을 도모하려 한다. 마치 전장에 나가기 전 천시와 지세 등의 상황을 충분히 파악하고 작전을 짜는 장군처럼. 그래서 간을 '장군지관'(將軍之官)이라고도 한다. 시작하기 전에 충분히 살펴보고 생각해 보는 힘이 간에서 나온다. 간이 튼튼할수록 올바른 판단력으로 모려를 할 것이다. 감정으로 볼 때 간의 목 기운은 '분노'이다. 분노는 봄에 땅을 뚫고 솟아오르는 힘을 닮았기 때문이다.

모려는 결단으로 이어진다. 모려를 통해 시작할 만한 근거를 마련했다면 이제 결단해야 한다. 결단해야 시작으로 이어진다. 이 결단을 담당하는 장부는 담(膽)이다. 담은 간의 한 켠에 붙어 있으면서 간과 함께 목에 배속되고 간의 모려를 결단한다. 담에 배속된 감정은 용기이다. 결단하는 데는 용기가 필요하다. 담이 튼튼하면 사사로운 이익에 치우치지 않고 공정하고 의로운 판단을 내려 결단한다. 담을 '중정지관'(中正之官)이라고 하는 이유이다.

그런데 모려와 결단은 목의 힘인 동시에 상화(相火)의 힘이기도 하다.

우리 몸에는 뜨거운 불도 있다. 이를 상화(相火)라 한다. 다른 말로 '무근지화'(無根之火)라고 이르기도 한다. 뿌리가 없는 불이라는 뜻이다. 군화(君火)는 물에다 뿌리를 내렸다. 그래서 뜨겁지 않다. 상화는 불의 모습을 그대로 간직한 순수한 불이어서 항상적으로 흐르지 않고 그때그때 확 타올랐다 꺼진다. 군화가 중심을 잃고 항상적 흐름을 획득했다면, 상화는 중심에서 발화되며 화끈하고 일시적이다. 군화는 심장에서 비롯되었고, 상화는 간, 담, 신장, 삼초 등에서 발화된다.^{안도균, 『동의보감,} 양생과 치유의 인문의학』 작은길, 2015, 172쪽

우리 몸에는 두 가지의 불이 있다. 군화(君火)와 상화(相火)다. 군화는 심장이 주관하는 화(火)이다. 심장은 혈(血=火)을 온몸에 보내야 하는데 화의 원래 성질로는 사지 말단까지 보낼 수 없다. 화는 자연 상태에서는 위로 타올라 흩어지는 성질을 지녔기 때문이다. 혈이 몸의 구석구석까지 가려면 흘러야 한다. 흐르려면 물과 만나야 한다. 흐를 수 있는 것은 물이기 때문이다.

우리 몸에서 물의 장부는 신장이다. 신장의 물이 위로 올라가 심장의 혈과 섞여 사지 말단까지 흘러가는 것이다. 이처럼 물과 만난 화, 즉 심장의 혈액을 '군화'라 한다. 군화는 물에 뿌리를 두었다. 그래서 따뜻하긴 하지만 뜨거운 불이라고는 할 수 없다.

반면에 상화는 물에 뿌리를 두지 않는 무근지화(無根之火)이다. 그래서 뜨거운 불이라 할 수 있다. 상화는 순간적으로 어떤 일을 결정하거나 일시적으로 실천할 때 쓰이는 강한 에너지다. 바로 간이나 담에서 행해지는 모려나 결단이 이에 해당한다. 상화는 새로운 문화를 창조할 수 있는 막강한 열기를 품고 있다. 그러나 상화를 지나치게 사용하면 화기가 위로 뜬다. 물과 섞이

지 않은 화는 아래로 내려오지 못하고 불의 본래 성질대로 위로 타오르기 때문이다. 심하면 정신적인 질환이 생길 수 있다.

지금 노인은 기력도 약한데 간/담의 힘, 혹은 상화의 힘을 지나치게 쓰고 있다. 아무리 궁리를 해보아도 뾰쪽한 수가 없다. 모려를 자꾸 해보지만 결단은 못 내리고 또 모려를 반복하면서 결단 못 내리는 답답함을 반복해서 겪다 보니 간담은 억눌림을 받아 목의 성질인 분노가 위로 치민다. 그 화병이 오죽할까?

의사는 노인이 입과 코에 벌레가 기어다니는 것 같다며 못 견뎌서 긁어 대는 것을 보고 그 답답함과 분노가 위로 치밀어 코, 입까지 올라온 것으로 여겼다. 12경맥 중에서 코와 입을 돌아 흐르는 경맥은 족양명위경(足陽明胃經)이다. 오장육부 중에서 위(胃)는 토(土)에 배속된다. 따라서 목 기운이 토를 누르는 것으로 보았다. 오행의 생극으로 볼 때 목은 토를 누른다(목극토). 이때 간담의 목 기운인 분노는 상화의 기운이기도 한데 목을 타고 족양명위경으로 들어가 코와 입까지 들어간 것이다.

이렇게 상화가 망동할 정도면 몸의 수분을 졸여서 혈액이나 진액이 뭉치게 되어 덩어리가 생긴다. 그것을 '어혈'(瘀血) 혹은 '담음'(痰飮)이라 한다. 또 대변이 굳을 수도 있다. 설사시켰을 때 몇 됫박이나 나왔다 하니 상화가 이만저만 치성하지 않았던 모양이다.

전쟁이 힘 없는 노인을 이처럼 병으로 몰아갔다. 지금은 전시는 아니다. 하지만 노인처럼 결단을 못 내리면서 헛되이 이루어질 수 없는 모려만을 되풀이하는 일은 얼마든지 있다. 공부하겠다고 늘 모려는 하지만 결단을 못 내리고 생각만 하는 경우, 어떻게 집을 혹은 회사를 나가 독립할까 늘 궁리하면서도 결코 실천은 못하는 등등, 많은 경우가 있을 것이다. 이제 이러한 이치를 알았으니 과감하게 결단을 내리시기를. 용기를 내어 한번 올바른 결단을 내리면 간과 담이 그만큼 좋아진다. 그러면 또 그 좋아진 간담의 기운으로 올바른 모려와 결단을 할 수 있고, 선순환으로 돌아서게 된다.

나는 쉰아홉에 감이당으로 공부하러 왔다. 결단하기가 쉽지 않았다. 바다를 건너가는 일이라 주변에선 외국에 가는 것처럼 거창하게 생각했다. 이제 예순이 다 된 사람이 무슨 영화를 보겠다고 공부냐며 말렸고, 빠듯하게 사는 집에서 서울까지 돈 쓰러 간다고 비웃기도 했다. 거기 아니면 공부할 데가 없느냐는 말도 들었다. 친정식구들은 주부로서 남편을 챙기지 않는다고 나무랐다. 더 힘들었던 것은 나 자신이었다. 그 공부는 어렵지 않을까. 따라가지 못하면 어떡하나. 짐 싸고 내려오는 내 모습을 상상하며 자의식에 빠졌다. 서울로 올라가지 않을 궁리도 해보았다. 이제 집안의 대소사가 끝나고 아이들의 학업도 끝났으니 이제부터야말로 돈을 모아 보자.

그러나 그럴수록 공부를 해보고 싶은 마음을 지울 수가 없었다. 몇 년 전에 두어 달 불교 세미나를 했던 후로 그런 방식의 공부를 더 하고 싶은 마음이 오랫동안 있어 왔다. 이러지도 저러지도 못하고 생각만 하다 보니 몸이 아프기 시작했다. 머리가 지끈거리고 눈이 뜨겁고 가슴이 답답했다. 열이 위로 뻗쳐 가고 있다는 것을 스스로도 느낄 수 있었다. 그래서 결단했다. 나는 내가 어떻게 할지 알고 있었다. 가지 않으면 내가 나를 못살게 굴 것이다. '너는 언제나 생각만 하고 결단은 못했지?'라고 하면서. 돈이 없다는 것도 핑계였다. 적금을 내리면 방을 빌릴 수 있을 터였다. 안 가도 편치 못할 거라면 가자. 물론 남편만큼은 이해해 주었으니 그 힘이 크긴 했다.

오니 되었다. 청년들과 함께 집을 빌려 사니 한 달 집세 십오만 원, 일주일에 한 번 밥당번 하고 한끼 밥값 이천 원. 아침은 공짜니 학비를 합쳐도 적금을 깨지 않고도 되었다. 집에서도 이만큼은 쓴다. 그뿐인가. 여기서의 공부는 지식 경쟁이 아니고 오히려 욕심을 내려놓는 공부다. 물론 이게 이만저만 어려운 건 아니지만. 이렇게 서울에서 4년을 살았고, 서울과 제주를 오간 지 4년째다. 이 드넓은 서울에서 이렇게 살 수 있다는 게 신기하고 감사하다. 내 간담도 편안하다.

2
웃음의 힘

어떤 부인이 배는 고픈데 식욕이 없고 늘 성내고 욕을 해대며 곁에 있는 사람을 죽일 것처럼 하면서 악담을 멈추지 않았는데 여러 가지로 치료하였으나 효험이 없었다. 대인(戴人)이 보고 말하기를 "이것은 약으로는 치료하기 어렵습니다"라고 하면서 두 창기에게 화장을 시켜 광대짓을 하게 하니 부인이 그것을 보고 크게 웃었다. 다음 날 또 씨름을 하게 하였더니 또한 크게 웃었다. 그 곁에서는 늘 음식을 잘 먹는 두 부인이 음식이 맛있다고 자랑하게 하여 병든 부인이 그것을 보고 음식을 찾아 한번 맛보게 하였다. 이렇게 며칠 하지 않아 성내는 것이 점차 줄어들고 음식을 점차 더 먹게 됨으로써 약을 쓰지 않고도 병이 나아 그 후에 아들까지 하나 낳았다. 그러므로 의사란 재치가 있어야 하지 재치가 없다면 어떻게 무궁한 병변(病變)에 응하겠는가? 「내경편」, '신', 294쪽

30년도 전의 일이다. 오랜 전세살이 끝에 집을 사서 이사를 하게 되었다. 그런데 많이 낡은 집이었다. 고칠 데가 한두 군데가 아니었다. 목수를 청해 견적을 뽑고 공사에 들어갔다. 하지만 일꾼들이 날림으로 일을 했다. 그저 빠르게만 하려고 했다. 총지휘하는 대장 목수 밑에 일꾼들과 미장도 딸린 일 부대였는데 누구 하나 꼼꼼히 하는 사람이 없었다. 그들에겐 다음 차례의 수리할 집이 있어 한나절이 지나면 후다닥 연장을 챙겨 옮겨 가기에 바빴다. 나는 간식으로 정성을 표시하고 눈치를 보며 겨우 날림한 데를 가리켰지만 소용없었다. 문짝은 비뚤어지고 미장한 벽은 들뜨고 전기 배선과 코드는 덜렁덜렁. 헌 집 고치면 늙는다는 어른들의 말이 옳았다. 집은 짓지 말고 사서 살라는 말도 왜 있는지 알 것 같았다. 한판 싸울까도 했지만 여기서 공사를 그만두면 죽도 밥도 안 된다. 당시는 건축 붐이 일어서 일꾼 구하기가 무척 어려웠다.

속이 부글거리는데도 참던 어느 날, 나는 마루로 들어가는 입구 벽에 걸린 전화기를 보고 웃음이 빵 터졌다. 그것은 대문의

초인종 소리에 답하는 응답기였다. 이 낡은 집에 전혀 어울리지 않는 초인종과 응답기. 당시에 초인종과 응답기는 큰 저택에나 필요한 것이었다. 대문에서 마루까지 열 걸음이면 오는 낡고 작은 이 집에 웬 초인종? 더구나 제주에선 낮엔 대문을 열어 놓는다. 달아 달라고 하지도 않았는데 목수들의 엉뚱한 작업에 그만 웃음이 터진 것이다. 장자(莊子)가 말한 '쓸모없음의 쓸모 있음'이랄까. 왠지 일꾼들이 귀엽게(?) 느껴졌다. 날림의 와중에도 나름대로 서비스(?)를 한 것 같았다. 그래도 뭔가 잘해 주고 싶어한 마음이 느껴졌다. 덕분에 나는 감정이 가라앉아 집수리를 마무리할 수 있었다. 웃음은 이처럼 막혔던 기혈을 한 방에 뚫고 소통시킨다.

초인종과 응답기는 어느 종교에서 전도 나온 분이 딱 한 번 누른 것 말고는 한 번도 써 본 사람이 없다. 그야말로 쓸모없는 물건이다. 하지만 지금도 나는 벽에 조롱박처럼 붙어 있는 응답기에 눈길이 갈 때면 빙그레 웃음이 나온다.

의학적으로도 웃음은 중요한 치료법이다. 한방에서의 치료는 대개 침과 약을 사용한다. 하지만 이로써 치료가 안 될 때도 있다. 『동의보감』에는 약과 침이 아닌 방법으로 병을 고친 사례가 수두룩하다. 앞의 이야기는 어떤 욕쟁이 부인을 웃음으로 치료한 경우다.

참 난감했을 것 같다. 배는 고프다면서 먹지는 않고 끝없이 욕을 해대면서 죽일 것처럼 사람에게 달려드니 보는 사람도 얼마나 무섭고 힘들었을까? 온갖 치료를 해도 듣지 않았으니 그 막막함이 어쨌했을지 짐작이 간다. 하지만 병이 있으면 치료도 있는 법. 배우(창기)들을 불러 모아 분장을 시키고 연기를 시키는 의사가 있지 않은가? 약과 침통을 든 의사가 아니라 연극 연출가인 의사. 환자를 웃기기 위해서다. 워낙 증상이 심하다 보니 소소한 웃음으로는 안 되었던 모양이다. 이틀이나 배우들을 광대짓하게 하고 씨름하게 한 걸 보면.

욕쟁이 부인을 웃게 한 그 광대짓은 요즘 말로 하면 개그콘서트다. 개그 혹은 유머는 왜 웃음을 유발할까? 그것은 기존의 상식을 깨뜨리며 전혀 예상치 못한 연결을 시도하기 때문이다. 초인종 사건(?)도 이런 경우다. "익숙한 질서를 자유자재로 교란하는 반어와 역설! 그 속에서 웃음보가 터지는 법이다."고미숙, 『청년 백수를 위한 길 위의 인문학』, 북드라망, 2014, 174쪽 마음의 통로 하나를 이전과는 다르게 내어 생각의 변화를 꾀하면 몸도 그만큼 가벼워지고 건강해진다. 기혈 순환이 잘 되는 것이다. 사실 이 부인의 화병은 그것이 여의치 않아 생겼을 수가 있다.

그래서일까? 예부터 전해 오는 이야기에도 유머의 중요함을 강조한 경우가 많다. 독일 그림(Grimm) 형제의 동화에는 웃지 않는 병을 가진 공주가 종종 등장한다. 왕은 공주를 웃기는 남자에게 공주와 나라를 주겠다고 선포한다. 유머의 능력이 있는 남자가 최종 승자다. 그런데 이들은 대부분 어리석고 멍청하다.

『그림동화』의「괜찮은 거래」라는 이야기의 한 토막. 장에 가서 암소를 팔아 7탈러를 받은 농부. 돌아오는 길에 연못을 지나게 되었는데 거기 개구리들이 "8탈러, 8탈러" 하며 울고 있지 않은가. 독일인에겐 개구리의 울음소리가 '8탈러'라는 뜻의 단어와 발음이 비슷하게 들린다. 농부는 화가 나서 너희들이 직접 세어 보라며 연못에 돈을 던져 놓고 돌려주기를 기다린다. 한참을 기다려도 돌려주지 않자 개구리들에게 온갖 욕설을 퍼부으며 돌아온다.

농부는 다시 암소 고기를 팔러 가다가 개를 만났다. 개가 군침을 흘리며 짖어 댄다. 농부는 개에게 고기를 던져 주고 값을 받으려고 기다렸지만 주지 않자 개의 주인에게 고깃값을 받으러 간다. 주인은 처음엔 장난인 줄 알았다가 진심인 걸 알고 농부를 흠씬 패 주고 쫓아낸다. 농부는 왕을 찾아가 억울함을 호소한다. 왕이 무엇을 선포했는지 모르는 농부는 억울함을 호소하기 위해서 개구리와 개 주인의 소행을 일러바쳤을 뿐인데 곁에 있던 공주가 배꼽을 잡고 웃는다. 의도하지 않은 농부의 승리!

인생 역전!

아마 똑똑한 사람이라면 이런 짓을 하지 않았을 테다. 똑똑할수록 기존의 질서를 고수할 테니까. 동화는 멍청하게 보이는 자를 등장시켜 좀 과장된 어법으로 익숙한 질서를 무너뜨려 웃음을 유발했다. 『동의보감』 속 욕쟁이 부인의 의사도 동화처럼 창기들에게 예기치 못한 사건을 연기하게 한 게 아닐까?

웃지 않는 공주의 병은 욕설을 일삼는 부인의 증상과 달라 보이지만 사실은 같은 계열이다. 공주를 성 안의 틀에 박힌 생활로 인한 불통의 상징으로 본다면 공주나 부인의 병은 둘 다 소통이 안 되고 답답하여 막힌 병증이다. 불통즉통(不通卽痛). 그러므로 치유법 또한 둘 다 비슷하여 웃음으로 뻥 뚫었다. 통즉불통(通卽不痛)!

마당에 울긋불긋 치장한 광대들이 걸쭉하고 엉뚱한 대사를 주고받으며 개그를 하고 그 옆에선 두 여자가 한 사람 죽어도 모를 만큼 맛있게 음식을 먹고 있는 모습. 이 정도라면 동네사람들도 모여들었으리라! 드디어 환자가 웃고 또 먹기까지 했을 때 환호가 터져 나오지 않았을까? 함께 먹고 마시고 춤추는, 마치 축제판과도 같은 치료의 장! 치료가 이처럼 유쾌할 수 있다니! 웃음은 역시 힘이 세다!

3
놀람을 놀람으로 치유하기

한 부인이 밤에 도적에게 위협을 당하여 크게 놀란 후로 어떤 소리만 들어도 놀라 졸도하면서 깨어나질 못하곤 하였다. 의원이 심병(心病)으로 여겨 치료하였으나 효험이 없었다. 이에 대인(戴人)이 보고 말하기를 "놀라는 것은 양증(陽證)으로 밖에서 들어오는 것이고 무서워하는 것은 음증(陰證)으로 속에서 나오는 것입니다. 놀라는 것은 자기가 알지 못하는 사이에 생기는 것이고 무서워하는 것은 자기가 알면서도 생기는 것입니다. 담(膽)이란 용감한 것을 나타내는 곳으로 놀라면 담이 상합니다"라고 하였다. 그리고 환자의 두 손을 잡아 의자 위에 놓게 하고 바로 앞에 앉은뱅이책상을 하나 놓은 다음 "부인, 이것을 똑똑히 보시오"라고 하면서 나무 막대로 책상을 세게 내리치니, 그 부인이 몹시 놀랐다. 조금 있다가 또 치니 놀라는 것이 다소 줄어들고, 연거푸 너댓 번을 친 다음에는 서서히 놀라던 것이 안정되었다. 그러자 숨을 크게 내쉬면서 묻기를 "이것이 무슨 치료법입니까?"라고 하였다. 대인이 말하기를 "놀란 것은 평안하게 해주어야 하는데 평안하게 해준다는 것은 일상적인 것으로 느끼게 해주는 것입니다. 곧, 평상적인 것으로 보게 되면 반드시 놀라는 것을 없앨 수 있습니다"라고 하였다. 그날 밤 창문을 두드려 보았는데 초저녁부터 날이 밝을 때까지 깊이 잠들어서 듣질 못했다. 대체로 놀라는 것은 신(神)이 위로 날리는 것이다. 따라서 아래에서 책상을 쳐서 내려다보게 하는 것은 신을 수습하게 하는 것이다.「내경편」 '신', 278쪽

사람이 산다는 것은 외부 환경과 만나는 것이라 할 수 있다. 이때 여러 정신작용과 더불어 감정도 생기게 마련이다. 그 감정을 『동의보감』에서는 7정(七情: 기쁨, 노여움, 근심, 슬픔, 생각, 놀람, 두려움)으로 아우른다. 이 감정들은 신체 장부와 연결되어 있다. 기쁨은 심장, 노여움은 간, 근심과 슬픔은 폐, 생각은 비장, 놀람과 두려움은 신장이 주관한다. 이 감정의 발생은 자연스러운 것

으로 우리의 생존에 꼭 필요하다. 예를 들어 위험한 맹수를 만났을 때 놀라고 두려운 감정이 생겨야 피해서 살아날 수 있다.

문제는 적절한 때 감정이 발생하지 않거나 지나칠 경우다. 칠정 중에서도 가장 조절하기 어려운 감정은 놀람과 두려움이라 할 수 있다. 왜냐하면 놀람과 무서움은 아주 심하게 겪고 나면 놀랄 상황이 아닌데도 이전에 놀랐던 기억이 살아나 발현되기 때문이다. 기쁨이나 슬픔에 비해 놀람과 두려움은 생명이 위협을 당할 수도 있을 때 생겨나므로 그만큼 몸에 깊이 새겨져 있다. 다음에 그런 위험이 닥치면 피하거나 방어하기 위해서다. 그러나 너무 놀라서 강하게 각인된 나머지 과거처럼 위험한 상황이 아닌데도 과거와 유사한 어떤 요소만 보거나 들어도 놀라고 무서워하게 된다는 게 문제다. 자라 보고 놀란 가슴 솥뚜껑 보고도 놀라는 격이다. 이것은 너무나 빨리 작동해서 자신의 의지로 어쩔 수가 없다. 요즘 말로 하면 '트라우마'라 할 수 있다.

앞의 부인도 이런 경우라 할 수 있다. 한번 도적에게 크게 놀란 후로 작은 소리에도 그만 졸도하고 만다. 이 부인이 도적에게 위협을 당하여 놀란 것을 대인은 양증(陽證)으로 보고 있다. 도적은 외부의 요인이기 때문이다. 외부의 요인이 없어졌는데도 자꾸 놀라는 것은 자신 안에서 나오므로 음증(陰證)이다. 이 부인은 지금 음증을 앓고 있는데 본인으로서는 어쩔 수가 없다.

의원은 어떤 처방을 내릴까?

헐! 증상은 심각한데 처방치고는 너무 간단해서 싱겁기까지 하다. 고작 책상을 내리치는 것뿐이라니! 하지만 여기에는 감정과 장부가 어떻게 연결되었는지에 대한 통찰이 있다. 의원은 환자가 놀랄 일이 아닌데도 놀라는 건 처음 놀랐을 때 담(膽)이 상했기 때문으로 보았다. 담은 밝은 판단력과 정의로운 결단력, 그에 따른 용기를 주관한다. 그래서 '중정지관'(中正之官)이라고도 한다. "굳센 기상을 주관하므로 담은 '중정지관'이 되어 결단할 수 있는 능력이 여기서 나온다. 인품이 강직하고 과단성이 있으며 곧아서 의심이 없고 사심이 없는 것은 담의 기가 바르기 때문이다."「내경편」'신', 424쪽

따라서 담이 상하면 판단을 정확히 할 수 없어서 바른 결단을 명징하게 할 수 없다. 용기가 없어진다. 부인이 놀랄 상황이 아닌데도 놀라는 것은 담이 상하여 판단력이 흐려졌기 때문이다. 의사가 담의 기능을 회복한 방법은 놀람을 자꾸 반복하여 그것에 익숙해지게 함으로써 놀라지 않게 하는 것이다. 놀람을 일상으로 느끼게 해주어 담력을 키우기. 놀람을 놀람으로 치유하기. 처음과 똑같은 놀람이 아니라도 놀람을 주관하는 것은 담이니 여러 번 놀라게 해서 놀람의 힘을 키워 두려움에 대한 면역력을 높이는 것이다. 그래서 책상을 여러 번 내리쳐 부인을 놀라게

했다. 처음 책상을 쳤을 때는 환자가 놀라서 손을 안으로 빼었을 것이다. 그러나 자꾸 반복하다 보니 놀라지 않아 손을 그대로 두었을 것이다. 의사는 환자가 손을 움츠리는 정도를 보며 현장에서 치료했다.

책상 높이를 허리 아래에 오도록 했다는 점에 또 한 번 대인의 의술이 빛난다. 대인은 각 장부에는 그 장부를 지키는 신(神)이 있다고 보았다. 그런데 부인이 처음 도적에게 위협당할 때, 놀람과 두려움을 주관하는 장부인 신장과 용기를 내게 하는 담을 지키는 신이 놀라 위로 떠서 몸 밖으로 나간 것. 신장과 담은 하초(下焦: 복부 아래)에 있다. 그러므로 이 신들을 불러들이기 위해 아래를 내려다보아 의념을 아래에 두게 했다. 신이 들어올 수 있도록. 얼마나 절묘한가! 장부와 감정이 연결되어 있다는 것을 옛사람들은 이렇게 신으로 표현했다. 밤에 창문을 두드려 도적 역할까지 하면서 환자가 놀라서 깨어나는지 여부를 확인하며 치료를 마무리하고 있으니 환자에 대한 의사의 애정에 뭉클해진다.

요즘 트라우마로 많은 사람들이 고생하고 있다. 이 부인보다 훨씬 센 과거의 상처를 가진 사람도 많다. 그 악몽을 지우지 못하여 일상을 제대로 살지 못하는 경우가 많다. 물론 그 사건을 처음 당한 것은 자신의 잘못이 아니다. 어쩔 수 없는 일이었다.

불의의 사고였다. 그러나 그 사건이 지나갔는데도 그것을 기억하면서 괴로워하는 것은 자신의 문제이다. 위의 부인처럼 담이나 신장이 튼튼해지면 두려워하지 않을 수도 있기 때문이다. 비바람에 많이 시달려 본 나무들이 태풍에도 견딜 수 있는 것처럼.

그러므로 담력을, 용기를 키워 볼 일이다. 이 의사의 처방처럼 두려움을 피하는 것이 아니라 오히려 일상에서 그것들과 마주하여 맞장을 떠야 한다. 그렇게 해서 담력이 튼튼해지면 내가 지나간 과거에 붙들려 있음을 알게 된다. 그 때문에 현재를 살고 있지 못함을 알게 된다. 정확한 판단력이 생기는 것이다. 그것만으로도 밖으로 나간 담신(膽神)을 불러들일 수 있다.

4
양생(養生), 욕심을 줄이고 계절에 맞게 살아라

옛날 태산(泰山) 아래 한 노인이 살았는데 그 이름은 알 수 없다. 한(漢)나라 무제(武帝)가 동쪽 지방을 순행하다가 길옆에서 김을 매는 한 노인을 보았는데 등에 두어 자 되는 흰 광채가 솟았다. 무제가 이상하게 여겨서 그에게 도술을 쓰는 것이 아닌지 물었다. 이에 노인이 대답하기를 "신이 일찍이 85세 되던 때 노쇠하여 죽을 지경으로 머리는 세고 이는 빠졌습니다. 그때 어떤 도사가 신에게 대추를 먹고 물을 마시면서 음식을 끊으라고 하는 한편 신침(神枕)을 만드는 법을 가르쳐 주었습니다. 그 베갯속에는 32가지 약을 넣었는데 그 중 24가지 약은 좋은 것으로 24절기에 맞는 것이고 나머지 8가지는 독성이 있는 것으로 팔풍(八風)에 응한다고 하였습니다. 신이 그 방법대로 했더니 도로 젊어져서 흰머리가 검어지고 빠진 이가 다시 나왔으며 하루에 300리 길을 걸을 수 있게 되었습니다. 신은 금년 180세인데 속세를 떠나 산속으로 들어가지 못하고 자손들이 그리워 속세에서 곡식을 먹은 지 이미 20여 년이 되었는데도 아직 신침의 효력으로 늙지 않았습니다"라고 하였다. 무제가 그 노인의 얼굴을 보니 한 50세 쯤 된 사람같이 보이므로 동네사람들에게 물어보니 모두 진실로 그렇다고 말했다. 이에 무제가 그 방법대로 베개를 만들어 베었으나 곡식을 끊고 물만 마시는 일은 하지 못했다.「내경편」'신형', 227쪽

『동의보감』의 임상 사례 중에는 실제 같기도 하고 아닌 것 같기도 한 서사들이 많다. 사실과 허구의 경계가 명확하지 않은 이야기들. 한나라 황제 무제가 등장하는 이 이야기도 그런 경우이다.

무제는 중국 한나라의 7대 황제이다. 그는 안으로는 유학으로 정치의 기틀을 잡았고 밖으로는 흉노를 정벌하고 서역을 개척하는 등 한나라를 강대한 제국으로 만든 실존 인물이다. 그런데 그가 만난 노인이 180세라 하니 선뜻 믿어지지가 않는다. 하

지만 노인의 양생법을 읽다 보면 꼭 허구만은 아니라는 생각도 든다.

『동의보감』에 따르면 인간은 자연을 닮은 소우주이다. 인간이 그것을 몰라 고통을 받는다. 그러나 수련을 통해서 우주와 하나가 되는 경지에 이를 수 있다. 그 수련의 요체는 물질이든 욕심이든 줄여 나가는 것이다. 그래야 타고난 원기를 허비하지 않고 보존할 수 있다. 이게 바로 양생(養生)이다. 그러면 무병장수 아니 불사에 이를 수 있다. 이들을 도가에서는 신선이라 한다.

말을 줄이고 색욕을 줄이고 음식을 줄이고 생각을 적게 하고 기쁨과 슬픔을 적게 하고… 등등 온통 절제의 미덕을 강조한다. 『동의보감』이 인용하는 도가(道家)의 경전에는 급기야 곡기(穀氣)를 끊으라는 말도 나온다. 음식을 먹지 않아도 호흡과 집중만으로 단(丹)을 수련하여 기(氣)를 기를 수 있다고 본다. 앞의 노인처럼 대추와 물만으로 신선이 된 사람들이 여럿 등장한다. '원기(元氣)가 곡기보다 많으면 여위어도 오래 산다'고? 정말? 설령 사실이라 해도 무슨 재미로 살까? 하는 의구심이 든다. 먹는 재미도 없이 고행처럼 느껴지기 때문이다. 하지만 이렇게 단련하면 입에 단맛이 돌고 그것을 단전으로 내려 보내면 신기가 몸속 깊은 곳까지 충만하게 된다니 노인은 곡식을 먹는 우리가 알지 못하는 환희를 느끼며 살았을지도 모를 일이다. 노인의

180세 장수가 허망하게 들리지만은 않는다. 등에서 흰 광채가 난다는 것도. 우리의 등에는 척추 등뼈를 따라 꼬리뼈로부터 올라가 뇌에까지 이르는 독맥(督脈)이 흐르고 있는데 신선이 되면 이 독맥이 통하면서 하얀 광채가 난다고 한다.

한 무제는 순행(지방 제후국 순시) 길에서 이 노인을 보고 그 무병장수가 탐이 났음 직하다. 사마천의 『사기』에는 그가 불로장생을 위해 수많은 방사(方士)들에게 현혹되어 온갖 방중술을 구하고 신선을 만나려고 애쓰는 장면들이 나온다. 몇백 살 먹었다고 소문난 이소군(李少君)이 신령께 제사지내면 광물을 금으로 만들 수 있고 동해(동쪽 바다) 봉래산의 신선을 만나서 봉선을 거행하면 자신처럼 장수할 수 있다고 하자 방사들을 동원해 금을 만들게 하고 동해로 파견하고 자신이 직접 동해를 돌며 봉선을 행한다. 난대(欒大)에게는 하늘이 보내 준 사자라며 높은 벼슬과 온갖 재물을 하사하고 심지어 딸 위장공주를 아내로 주기까지 했다. 방사들에게 속아 넘어간 적이 한두 번이 아니었지만 그럴수록 무제는 다른 방사를 구해 신들의 제단을 높이 세우고 희생을 바치며 효과가 없으면 방사를 죽이고 신선을 찾아 천하를 주유했다.

천하를 거머쥔 황제가 무엇인들 시도해 보지 못하겠는가? 그러나 노인으로부터 곡기를 끊고 신침을 벤 것이 장수의 비결이라는 말을 듣고 할 수 있는 것은 베개를 만드는 것뿐이었다. 지금 그는 순행 중이다. 수많은 살육을 하며 제국을 만들어 내는 그가 곡식을 끊을 수 없는 것은 당연하다. 베개야 쉽게 만들 수 있지만 어찌 '줄이고 또 줄일 수' 있었겠는가?

노인은 베개를 베기만 한 것이 아니라 베개처럼 살았을 것이다. 베갯속을 채운 24가지 약재가 24절기에 대응하는 것이니 그 삶도 24절기에 순응하지 않았을까? 독성이 있는 8가지 약재는 팔풍을 막아 주는 것이다. 팔풍이란 절기가 바뀔 때마다 팔방(八方)에서 불어오는 바람이 때론 병을 일으키는 악풍이 되는 것을 말한다. 이럴 때 노인은 베개로만 팔풍을 막은 것이 아니라 외출을 자제하고 근신했으리라. 이 노인은 지금 밭에서 김을 매고 있을 정도로 일상에 충실하다. 이제 곡식을 먹게 되어서인지 기꺼이 곡식을 가꾸는 신선! 밭에서 김매는 신선이라? 참 신선하다. 신선이라면 허연 수염을 기르고 깊은 산속에서 은거함 직한데.

우리는 이 노인처럼 곡식까지 끊으며 살 수는 없다. 한 무제처럼 베개 정도야 만들 수 있지만 음식을 안 먹을 수는 없다. 하지만 우리도 노인처럼 계절에 맞게 양생하는 것은 가능하지 않을까? 그리고 욕심도 줄여 볼 수 있지 않을까?

5
분노로 생각을 다스리다

어떤 부인이 생각을 지나치게 하여
병이 나서 2년간이나 잠을 자지 못하였다. 대인(戴人)이 보고
나서 말하기를 "양손의 맥이 다 완(緩)하니 이것은 비(脾)가 사
기(邪氣)를 받은 것으로 비는 생각하는 것을 주관하기 때문이
다"라고 하였다. 그리고 그의 남편과 의논하여 부인을 격동시
켜 성을 내게 하기로 하고, 대인은 많은 재물을 받고 며칠간
술을 마시다가 한 가지 처방도 써 주지 않고 돌아갔다. 그러자
그 부인은 몹시 성이 나서 땀을 흘리다가 그날 밤에는 곤하게
잠들었는데 그렇게 8~9일 동안 깨어나지 않고 잤다. 그 후부
터 밥맛이 나고 맥도 제대로 뛰었다. 이것은 담(膽)이 허(虛)하

여 비(脾)가 지나치게 생각하는 것을 억제하지 못했기 때문에
잠을 자지 못하였던 것인데 지금 성을 내도록 격동시켜 담이
다시 비를 억제하였기 때문에 잠을 자게 된 것이다.「내경편」, '몽',
331쪽

한의학을 공부할 때 재미있는 것 중의 하나는 오장육부가
생리적 기능뿐 아니라 '정지'(情志)의 기능도 하고 있다는 점이
다. 간/담은 분노를, 심/소장은 기쁨을, 비/위는 생각을, 폐/대장
은 근심을, 신/방광은 두려움을 담당한다. 그래서 어떤 장부의
기운이 균형을 이루지 못하고 부족하거나 지나치면 그 장부가
담당하는 감정도 균형을 잃는다. 가령 간/담의 기운이 부족하면
분노하고 힘을 내어 말해야 할 상황인데도 움츠러들게 되고 반
대로 간/담의 기운이 지나치면 과도하게 화를 내어 사고를 저지
를 수 있다. 반대도 가능하다. 화를 지나치게 내거나 혹은 자주
위축되다 보면 간/담이 상할 수 있다. 이로 볼 때 우리 몸의 상태
와 감정, 사유는 별개가 아니라는 사실을 알게 된다. 이러한 정
조가 오행(五行)과 척척 맞물려 있다는 점도 재미있다. 간/담의
분노는 목(木), 심장/소장의 기쁨은 화(火), 비장/위장의 생각은
토(土), 폐/대장의 근심은 금(金), 신장/방광의 두려움은 수(水)
에 배속된다.

2년간이나 잠을 제대로 못 자는 이 부인. 얼마나 괴로웠을까? 잠을 못 자는 것은 노역보다 더한 일이다. 의사는 생각을 많이 했기 때문이라고 진단했다. 맥으로 볼 때 비장이 상한 것으로 나타나서이다. 비장은 생각을 주관한다.

한의학에선 비장을 간의지관(諫議之官)이라 부른다. 군주가 함부로 생각하지 않고 함부로 감정을 쓰지 않도록 군주에게 간언하도록 하는 역할을 해서이다. 그렇다면 군주는 누구인가? 바로 심장이다. 심장을 군주지관(君主之官)이라고도 한다. 모든 정신적인 사유와 감정을 심장이 총괄한다고 보기 때문이다. 비장은 군주(심장)의 이러한 생각과 감정이 독선과 아집으로 뭉치지 않도록 간언해서 견제하고 조절하는 역할을 한다. 자신의 사유와 감정을 바라보고 관찰해서 독단으로 굳어지지 않도록 숙고하고 감정에 휘둘리지 않도록 감정을 이성적으로 해석하는 능력. 이게 비장의 생각[思]이다. 심장의 혈이 온몸 구석구석까지 흘러가듯 비장의 견제를 받은 심장의 사유와 감정은 뭉치지 않고 온몸을 적셔 줄 터이다. 서양에서도 사유를 중시한다. 고대 그리스의 철학자 헤라클레이토스는 숙고를 '로고스'라 부르면서 로고스로 우리의 무지를 깰 수 있다고 보았고, 니체는 이러한 생각은 내가 하는 것이 아니라 나에게 '찾아온다'면서 생각이야말로 인간의 '품위'라고 말한 바 있다.

그런데 비장의 힘이 너무 세면 생각에 견제와 조절을 할 수 없어진다. 그냥 아무 생각이나 꼬리에 꼬리를 물며 밑도 끝도 없이 일어났다가 사라지기를 반복한다. 잠들지 못할 정도로. 거꾸로 잠들지 못하다 보니 생각이 끊임없이 일어났을 수도 있다. 달걀이 먼저인지 닭이 먼저인지 모를 일이지만 처음과 끝을 알 수 없게 돌고 도는 이 악순환의 고리, 불면의 고리를 어떻게 끊을 것인가?

의사는 비장의 문제를 담의 문제로도 보았다. 우리의 삶이 그렇듯 장부도 홀로 존재하지 않는다. 다른 장부와 맺는 관계로 장부는 존재한다. 한의학에서 비장은 담과 긴밀한 관계를 맺고 있다. 비장은 오행으로 볼 때 토(土)이고 담은 목(木)에 속한다. 토와 목은 어떤 관계일까? 추운 겨울이 지나고 봄이 오면 나무는 언 땅을 뚫고 땅 위로 싹을 내민다. 그 춥고 언 땅을 뚫을 정도이니 매섭고 힘찬 기운이라고 할 수 있다. 이때 나무가 땅을 뚫는 것처럼 오행끼리 서로를 억제하는 것을 '극(剋)한다'고 한다. 나무와 땅은 목극토(木剋土)의 관계. 나무가 땅을 제압하는 격이다. 땅의 입장에서는 나무로부터 시련을 당하는 셈이다. 하지만 땅은 이런 시련을 당함으로써 자신의 기운을 좀 덜어 내어 땅의 역할을 제대로 할 수 있다. 그게 생(生)하는 거다. 땅의 기운이 지나칠 때는 더욱 그렇다. 생극이 얽히면서 우주 자연은 순환한다.

사람도 마찬가지다.

　의사는 비장의 힘, 생각의 힘이 과도한 것을 담이 극해 주지 못했기 때문으로 보았다. 비장인 토를 억제할 수 있는 것은 목인데 목의 장부는 간/담이며 감정으로는 분노이다. 그래서 부인의 남편과 짜고 부인이 화가 나도록 연출하고 연기한 것이다. 그 센 분노가 헛된 망상들을 흩어 버렸다. 치료 끝! 부인이 8~9일 동안이나 깨어나지 않고 잤다 하니 분노로 치료한 효과가 이렇게 클 줄이야! 평상시에 분노는 대부분 우리를 병들게 하는 부정적인 감정이다. 더구나 요즘은 분노조절장애로 일어나는 사건이 얼마나 많은가. 하지만 때에 따라서는 이처럼 약이 되기도 하니 이 세상엔 고정된 실체는 없다는 걸 느끼게 된다.

　오행의 상극 원리를 알면 이처럼 감정만으로 치료할 수 있는 경우도 있다. 하지만 오행을 몰라도 우리는 일상에서 이런 식의 치료를 스스로 하고 있다. 뭔가 답답하고 망상만 하게 될 때 크게 소리를 지르거나 한바탕 누구와 말다툼만 해도 시원해지며 기혈이 순환되는 경우 말이다. 오행의 원리도 이러한 일상의 수많은 경험들을 종합하여 만들어진 건 아닐까?

【덧달기】『동의보감』이 알려 주는 잠 잘 자는 법(寢睡法) ○잘 때는 옆으로 누워서 무릎을 구부리는 것이 좋은데 이와 같이 하면 심기(心氣)를 북돋아 준다. 깨어나서는 몸을 펴 주는 것이 좋은데 이와 같이 하면 정신이 흩어지지 않는다. 대개 몸을 펴고 자면 잡귀가 달려든다. 공자가 '죽은 사람처럼 똑바로 누워 자지 않는다'고 한 것은 이를 두고 이른 말일 것이다. ○낮에 잠을 자지 말라. 낮에 자면 기운이 빠진다. 또 "저녁에 잘 때는 늘 입을 다물고 자는 습관을 들여야 하는데 입을 벌리고 자면 기운이 빠지고 사기(邪氣)가 입으로 들어가서 병이 생긴다"라고 하였다. (……) ○"하룻밤 누워 자면서 다섯 번 정도 돌아눕는데 두 시간에 한 번씩 돌아눕는 것이 좋다"라고 하였다. ○밤에 잘 때 편안치 않은 것은 이불이 두꺼워서 열이 몰렸기 때문으로 이때는 빨리 이불을 걷고 땀을 닦아 주어야 하며 혹 너무 얇은 것을 덮어 춥기 때문이라면 더 덮어 주어야 한다. 그러면 편안하게 잘 수 있다. 배가 고파서 잠이 오지 않으면 조금 더 먹고 배가 불러서 잠이 오지 않으면 차를 마시고 조금 돌아다니거나 앉았다가 눕는 것이 좋다. ○잠잘 때 등불을 켜 놓으면 정신이 불안해진다. ○누울 때는 언제나 똑바로 누워서 손을 가슴에 올려놓지 말아야 하는데 손을 올려놓으면 반드시 가위눌리어 잘 깨어나지 못한다. 어두운 곳에서 가위눌렸을 때는 불을 켜지 말아야 하고 또한 앞에 가까이 가서 급히 부르지 말아야 한다. 다만 가슴 위에 올려놓은 손을 내려 준 다음 천천히 불러서 깨우거나 조협가루나 반하가루를 콧구멍에 불어넣어 주면 곧 깨어난다.「내경편」, '몽', 334쪽

6

술, 똥과 오줌을 엇갈리게 하다

교장증(交腸症): "어떤 부인이 술을 즐겨서 늘 잔뜩 마셔도 취하질 않았는데 어느 날 갑자기 똥이 요도로 나오고 오줌이 항문으로 나오면서 육맥(六脈)이 다 침삽(沈澁)하였다. 그래서 사물탕에 해금사, 목향, 빈랑, 목통, 도인을 가하여 먹고는 나았다. 그러나 이 사람은 술을 많이 마셨기 때문에 기가 올라가기만 하고 내려오지는 못하여 양(陽)이 극도로 허해진 데다가 주습이 오랫동안 쌓여 있어서 열이 생겨 혈을 달였기 때문에 음도 역시 크게 허해졌다. 이와 같이 음양이 허해졌는데도 잠시 동안이나마 살아 있었던 것은 그 형체가 실하고 술 속에 곡기가 그래도 좀 있었기 때문이다. 그

러나 3개월 후에는 반드시 죽을 것이라고 하였는데 과연 그렇게 되었다.「내경편」'소변', 510쪽

『동의보감』의 '소변', '대변'은 「내경편」맨 마지막에 위치해서 「내경편」의 대미를 장식하고 있다. 소화라인의 마지막 단계다. 뒤에 위치하지만 분량은 앞의 '신형'(身形)·'정'(精)·'기'(氣)·'신'(神)이나 오장·육부 각 편보다 훨씬 많다. 거의가 증상과 처방에 대한 내용이다. 이는 똥오줌이야말로 병의 원인을 눈으로 명확하게 확인할 수 있는 증거물이기 때문이다. 어떻게 살았는가를 알 수 있는 흔적이기도 하다. 사실 이 두 가지를 시원히 해결했을 때처럼 뿌듯한 순간이 있을까? 휴지가 필요 없을 만큼 깔끔하게 일이 끝났을 때 머리가 맑아지고 상큼해지는 걸 느낀다. 그렇지 못했을 때의 찝찝함이란….

『동의보감』에서는 입으로 음식물이 들어간 뒤 어느 소화라인에서 무엇이 어떻게 잘못되었기 때문에 이런 색깔과 이런 농도로, 이런 양으로, 이런 횟수로 똥오줌이 나오는지, 혹은 나오지 못하고 막히게 되는지 알아내고 처방을 하고 있다. 냄새나는 그것을 얼마나 세밀하게 관찰했는지, 그 진단이 아주 세분화되어 있고 그래서 처방도 무수하다.

그런데 아뿔싸! 관찰이고 처방이고 할 여지가 없는 증상이

여기 있다. 아예 오줌과 똥의 길이 엇갈려 버린 것. 똥이 요도로, 오줌이 항문으로! 상상하기조차 어렵다. 신체가 완전히 교란되어 버렸다. 살 가능성이 없다. 죽기를 기다리는 수밖에. 그나마 곡기가 좀 있어 석 달을 더 살았다 하니 도대체 얼마나 술을 마셨길래 이 지경인지.

사람의 생명을 유지하게 하는 힘은 무엇에서 나올까? 『동의보감』에 따르면 그것은 곡식이다. "천지간에 사람의 성명(性命)을 길러 주는 것은 오직 오곡뿐이니 오곡은 토덕(土德)을 구비하여 기의 중화를 얻었기 때문에 그 맛이 담백하면서 달고 성질이 화평하여 몸을 크게 보하면서도 삼설(滲泄: 액체가 새거나 배어 나옴)을 잘 시켜서 오랫동안 먹어도 탈이 나지 않으니 이것이 사람에게 크게 이로운 점이다."「잡병편」, '내상', 1197쪽 오행으로 볼 때 토(土)의 덕(德)이란 치우치지 않고 중화를 취하는 것이다. 자극적인 맛이 아니고 담담한 단맛. 곡식은 단맛이긴 하지만 담백하고 화평하여 매 끼니 먹어도 싫증나지 않고 탈도 안 나는, 덕이 있는 식품이다. 곡기를 일주일 이상 끊으면 죽는 것도 이 때문일 것이다.

그런데 이 곡식을 원료로 했으면서도 본래 곡식의 담백, 화평한 기운과 아주 다른 성질로 변해 버린 식품이 있으니 바로 '술'이다. "술이란 오곡의 진액이고 쌀누룩의 정화로서 비록 사람에게 이롭기도 하지만 또한 사람을 상하게도 하는 것은 왜인가? 그것은 술에는 열도 많고 독도 많기 때문이다. 큰 추위에 바닷물도 얼어 버리지만 오직 술만이 얼지 않는 것은 그 열성을 보여 주는 것이다. 술을 마시면 정신이 혼란해져서 사람의 본성까지도 바꾸어 놓는 것은 그 독성을 보여 주는 것이다."「잡병편」, '내상', 1207쪽

곡식이 물과 누룩을 만나 발효되면서 그것은 액체가 되지만 지독한 열 혹은 양기 덩어리의 기운으로 변한다. 바닷물이 얼어 버리는 추위에도 술은 얼지 않으니 그 열성이 얼마나 큰가를 알 수 있다. 혈맥을 잘 돌게 하므로 찬바람과 큰 추위를 술로 이겨 내는 경우가 많았고 힘든 노동을 할 때도 술의 힘을 빌리곤 한다. 옛 설화에 나오는 장사들은 말술을 마시고도 끄떡 않고 일을 했고 싸움을 했다. 그뿐인가? 귀신을 영접하는 제사에 빠져선 안 되는 음식이 바로 제주(祭酒)이니 사기(邪氣)를 없애 주고 위로 올라가는 기운 때문이리라.

그러나 보통 사람들의 일상에서 술은 독으로 작용하는 경우가 더 많다. 적당히 마시기가 어렵기 때문이다. 술은 맛 자체가 향기롭고 좋아서 입에 맞고 기를 돌게 하며 혈을 고르게 해서 몸에 적당하므로 마시는 사람이 자각하지 못하는 사이에 흔히 지나치게 된다고 『동의보감』에선 말한다.

앞의 부인도 위로 올라간 술의 열기가 내려오지 못할 정도이고 혈을 달여 버릴 정도이니 거의 쉬지 않고 마셨을 것이다. 요즘도 술을 적당히 마시기는 어려운 시대이다. 육식을 많이 하다 보니 안주가 술을 부르고, 이차 삼차까지 회식이 이어지면 술이 술을 부른다. 육식만으로도 양기가 치성한데 술까지 곁들인다면 그야말로 불에 기름을 붓는 격이다. 냉장고에 술이 음료처럼 항상 채워져 있는 집들도 많다. 음주가 거의 일상화되고 있는 느낌을 받는다.

술은 앞의 부인처럼 장기를 피폐해지게 할 뿐 아니라 뇌도 마비시킨다. 술은 화학적으로 에틸알코올인데 그 안에 메틸기(methyl基)라는 것이 포함되어 있어서 곁들여 먹는 음식에 따라서는 그것과 결합하여 금방 메틸이 된다. 메틸은 맹독성을 가진 독극물이다. 그것은 납처럼 배설이 어렵고 혈액을 타고 뇌에 도달하면 뇌를 마비시키므로 평형감각이 무너진다. 이게 반복되면 살해당하는 꿈을 꾸거나 강박관념에 사로잡히는 등 정신 이상을 일으키기도 한다. 앞의 부인도 똥오줌이 엇갈릴 정도라면 이미 정신도 피폐해졌으리라.

몇 해 전 친척이 알코올 의존증으로 병원에 입원했을 때였다. 어린 삼남매를 둔 젊은 아빠였기에 나는 문병 가서 아이들이 불쌍하지 않냐고 술을 끊어 보라고 애원했었다. 그는 내 말엔 아랑곳없이 오히려 당당하게 말했다. "술을 먹으면 배가 부르고 속이 든든합니다. 밥은 맛이 없습니다." 술 이야기를 할 땐 그의 눈엔 힘이 나고 얼굴엔 희색마저 돌았다. 나는 포기하고 쓸쓸히 돌아왔다. 몇 달 후에 그는 죽었다.

술을 해독하는 방법이 있긴 하다. 알코올이 물에 녹는다는 점을 이용하여 술과 같은 양의 물을 많이 마셔서 땀과 소변으로 배출하는 것이다. '갈화해정탕'(葛花解酲湯)은 이를 도와주는 처방이다. 하지만 매번 이렇게 물을 마시기도 어렵거니와 이 정도 명심할 거라면 아예 술을 마시지 않을 것이다. 그러니 최상의 방법은 술을 끊는 것이다.

> 술을 끊는 방법(斷酒方): 술 7되를 병에 넣고 주사(곱게 간 것) 5돈을 그 속에 넣어 꼭 막은 다음 돼지우리에 두어 돼지가 마음대로 굴리도록 놔두고 7일이 지난 뒤 가져다가 마시면 다시 술을 마시지 않는다. 노자분(가마우지 똥) 태운 가루를 물로 1돈 먹는다. 응시(매의 똥) 태운 가루도 괜찮은데, 술에 타 먹는다. 둘 다 먹는 사람이 모르도록 해야 한다. 또한 우물 벽에 거꾸로 난 풀을 달여 마신다. 또한 죽엽에 맺힌 이슬을 술에 타 먹기도 한다. 「잡병편」 '내상', 1237쪽

이 처방은 술을 마시게 하되 술 마시는 기쁨을 못 느끼도록 했다. 주사는 찬 성질의 약재다. 그것을 탄 술병을 돼지우리에서 돼지가 마음껏 굴리게 한 것은 돼지 역시 찬 성질을 가진 동물이기 때문이다. 술의 열성을 식히기 위한 전략이리라. 그러면 환자는 술을 마셔도 자신이 원하는 쾌감을 못 느낄 것이다. 그러면 소용없다고 생각하여 마시지 않게 될 것이다. 단, 이렇게 했다는 걸 환자가 모르게 해야 한다. 이 지경의 중증 환자는 술 마시는 걸 조금도 부끄러워하지 않으므로 속았다는 걸 알면 화를 낼 것이고 오히려 더 마실 수도 있다. 얼마나 술의 폐해가 심각하면 이런 처방을 생각해 냈을까? 똥과 오줌이 엇갈리는 환자가 있을 정도이니 별별 폐해가 다 있었을 것이다. 그것을 지켜봐야 하는 가족들의 고통이 오죽했을까. 가마우지 똥, 매의 똥 등 차가운 약재를 찾으려 이리저리 애쓰는, 어느 부모, 어느 부인네의 마음이 느껴져 짠하다. 요즘도 이런저런 처방을 찾아 헤매는 가족들이 많다.

7

어쩌다 신선

옛날 어떤 사람이 굴 속에 떨어졌는데 그 속에 뱀이 있었던바, 그 뱀은 날마다 시간에 따라 공기를 마시고 있었다. 그리하여 그 사람도 뱀을 따라 시간에 맞추어 매일같이 공기를 마셨는데, 그와 같이 오랫동안 하니 점차 효험이 나타나 몸이 가벼워졌다. 그렇게 하여 경칩(驚蟄)이 지난 후 그 사람은 뱀과 더불어 뛰쳐나왔다고 한다. 「잡병편」 '잡방', 1623쪽

요즘 우리 도시인들은 배고파서 힘든 경우는 거의 없다. 먹을 게 넘쳐나서 오히려 스트레스가 될 때도 있다. 냉장고에 남아

스토리 동의보감

도는 음식을 다 먹지 못해 버릴 때도 허다하다. 또 우리가 사는 환경은 편리하고 대개가 안전하다. 편리 위주로 설계된 집과 미끈하게 포장된 도로와 철로를 달리는 버스나 전철 등이 우리가 오고가는 공간이다.

하지만 불과 50년 전까지만 해도 보릿고개를 겪었고 산이나 들에서 일을 하고 땔감을 구해 왔고 울퉁불퉁한 길에서 넘어지고 다치고 구덩이에 빠지고 산에서 길을 잃고 짐승을 만나는 등등 평상시에도 별별 일들을 다 겪었다. 허준이 살았던 조선시대에야 말해 무엇하랴. 그러다 보니 이런 일들을 겪어 낸 이야기들도 넘쳐난다. 『동의보감』엔 이런 뜻밖의 일을 당했을 때 어떻게 대처해야 할지 이를 의학의 처방으로 다룬다.

여섯 가지 천기를 마시는 법(服六天氣法): 여섯 가지의 천기(天氣)를 마시면 배고프지 않게 해준다. 급하고 어려운 지경에 처하여 인적이 없는 곳에 있게 되었을 때 거북이나 뱀처럼 공기를 마시면 죽지 않는다. 『능양자명경』(陵陽子明經)에서는 "봄에는 조하(朝霞 : 아침노을)를 마시는데, 해 뜰 무렵에 동쪽을 향해 기운을 마시는 것이다. 여름에는 정양(正陽)을 마시는데 해가 중천에 올 때 남쪽을 향해 기운을 마시는 것이다. 가을에는 비천(飛泉 : 샘물)을 마시는데, 해 질 무렵에 서쪽을 향해 기운을 마시는 것이다. 겨울에는 항해(沆瀣: 밤의 맑은 이슬)를 마시는데 밤중에 북쪽을 향하고 기운을 마시는 것이다. 여기에 천현(天玄)과 지황(地黃)의 기를 합하여 육기(六氣)라고 한다. 이것은 다 배고픈 줄 모르게 하고 수명을 연장시키며 병에 걸리지 않게 한다"라고 하였다. 「잡병편」, '잡방', 1622~1623쪽

굴이나 다름 없는 깊은 구덩이에 빠진 이 사람. 사방을 둘러보아도 먹을 것이라곤 없고 굴에서 나갈 길도 없어 꼼짝없이 갇혔다. 게다가 떨어져 보니 옆에 뱀이 있다. 으윽! 소름끼치는 상황이다. 생각만으로도 오싹하다. 하지만 이 사람, 뱀에게서 살 방도를 배운다. 뱀을 관찰한 것이다. 그는 뱀에게서 공기, 즉 천기(天氣)를 먹는 것을 배웠다. 그리고 계절과 시간에 맞추어 먹는다는 것도 알게 되었다. 그래서 뱀을 따라 뱀처럼 천기를 마셨다. 봄엔 아침에 동쪽을 향해서(목), 여름엔 정오에 남쪽을 향해서(화), 가을엔 저녁에 서쪽을 향해서(금), 겨울엔 밤중에 북쪽(수)을 향해서 마셨다. 이러다 보니 어느덧 뱀과 친구가 되었으리라.^^ 점차 몸이 가벼워졌으니 마음도 가벼워졌으리라. 얼마나 몸이 가벼워졌으면 뱀과 함께 튀어 올랐을까. 상상만으로도 유쾌하다. 내 몸까지 가벼워지는 느낌이다.

그대로 믿기가 좀 어려웠는데 알고 보니 이 사람, 계절에 따

라 오행의 방향대로 공기를 마셨다. 오행으로 볼 때 봄은 목(木)으로 동쪽이고 아침이며 여름은 화(火)로 여름, 남쪽, 낮이다. 가을은 금(金)으로 가을, 서쪽, 저녁이고 겨울은 수(水)로 겨울, 북쪽, 밤이다.

사실 이건 신선이 되기 위한 비방이다. 불로장생을 구가하는 도가에서는 일부러 곡기를 금한다. 곡식은 몸을 무겁게 한다고 보기 때문이다. 대신 우주의 순행에 따라 오행의 방위와 시간을 지키면서 천천히 호흡하면 그것만으로도 장수한다고 본다. 이는 뱀이나 거북의 호흡법을 본뜬 것이다. 하지만 평상시에는 보통 사람들이 따라할 수 있는 것이 아니기 때문에 공개하지 않는 것인데 이처럼 뜻밖의 상황을 만나는 사람들을 위해 공개한다고 『동의보감』에선 말한다.

음식은 산 사람에게 꼭 필요한 것인데, 이를 여러 날 먹지 못하면 목숨을 잃는다. 『본초』(本草)에는 배고프지 않게 한다는 글이 있는데 의방(醫方)에서 그 방법을 말하지 않는 것은 그 방법이 신선의 술법(術法)에 관계되고 보통 사람들이 따라 할 수 있는 것이 아니기 때문이다. 「잡병편」, '잡방', 1622쪽

이 사람은 신선이 되려고 하지도 않았는데 우연히 구덩이

에 떨어지는 바람에 그냥 굶으며 뱀을 따라 숨만 쉬었을 뿐이다. 그런데 어쩌다 신선이 되었다. 『동의보감』이 말하는 비방을 저절로 지키게 된 것이다. 참, 사람 일은 모르는 법이다. 구덩이에 떨어져 신선이 될 줄 어찌 알았으랴. 재수가 이만저만 좋은 게 아니다.^^ 곡식을 먹지 않으면 우리는 죽는 걸로 알지만 오히려 몸이 가벼워지고 오래 살 수 있는 기회이니 죽음과 삶이 한 끝 차이인 것 같고 인생의 역설을 보는 것 같아 재미있다.

우리는 풍요롭고 안전한 사회에 살고 있어 어쩌다 신선이 되기는 어려울 것 같다. 굳이 신선이 될 필요는 없지만 최소한 적게 먹어야 하는 것만은 분명하다. 음식을 조금만 더 먹어도 몸이 무거워지는 것을 우리는 금방 느끼지 않는가. 경칩에 튀어 오를 정도는 아니더라도 몸이 가벼워지는 건 유쾌한 일이다.

8
열을 내려라, 수승화강(水昇火降)하라

적열오한(積熱惡寒): 어떤 부인이 몸
이 찬데도 오한(惡寒)이 나서 음력 6월에 갖옷까지 껴입고도
추위를 느끼며 설사가 멎지 않고 맥은 활줄같이 힘이 있었다.
그래서 내가 찬물에 적신 수건으로 가슴을 찜질하고 새로 길
어 온 물을 끼얹었다. 그러자 그가 아우성을 치며 사람을 잡는
다고 외쳐 댔다. 그래도 그치지 않고 연달아 30~40통의 물을
퍼부었더니 크게 떨면서도 땀이 나고는 1~2일 동안 정신이 혼
곤해졌으나 고통스럽게 하던 것들은 다 없어졌다. 한(漢)나라
의 화타(華陀)와 북제(北齊)의 서문백(徐文伯) 역시 오래된 한증
(寒症) 환자를 치료할 적에는 추운 겨울을 기다렸다가 찬물로

땀을 내 주었는데 곧 이 방법을 쓴 것이다.「잡병편」'화', 1187쪽

　　음력 6월, 여름은 양기(陽氣)가 치성한 계절이다. 양기는 밖으로 나가는 따뜻한 기운. 나무를 보더라도 온통 밖으로 잎을 무성하게 내보내고 가지들은 풍성하게 드리워진다. 거리마다 양기가 넘실거린다. 우리의 몸도 마찬가지다. 여름이 되면 우리 몸의 양기가 바깥인 피부로 나가 뜨겁게 느껴진다. 이는 자연의 이치이므로 당연하다.

　　그런데 앞의 부인은 한여름인데도 추워서 떨고 있다. 따라서 이것은 병증이다. 원인은? 겉으로만 볼 때는 추워하고 있으므로 한증이다. 그런데 의원이 찬물을 퍼부은 것으로 볼 때 의원은 열증으로 본 것이다. 왜 열증인가?

　　그 열이 심한데도 스스로 냉하다고 느끼는 것은 화가 극도에 이르면 수(水)와 비슷해지기 때문인데, 이것은 열이 몹시 쌓인 것이다. 양은 지나치게 성하고 음은 지나치게 약하므로 이런 증이 나타나는 것이다.「잡병편」'화', 1184쪽

　　의원은 음양의 이치로 보았다. 음양은 각각 극에 달하면 반대 성질로 변한다. 음에서 양으로, 양에서 음으로. 부인의 증상

이 여름의 순리와 반대인 걸로 봐서 원인도 일반적인 걸으로 보이는 증상과 반대일 수 있다고 본 것이다. 즉, 여인이 느끼는 추위는 사실은 추위가 아니라 반대로 열이라는 것. 오히려 열이 쌓여서 극에 달한 나머지 차가운 수(水)의 기운으로 변했다는 것이다. 그래서 열을 식히려고 물을 퍼부었다.

그렇다면 왜 이처럼 화(열)가 쌓이는 것일까? 계절을 거스를 정도로. 이것은 상대적으로 수 기운을 많이 써서 소모해 버렸기 때문이다. 물이 부족하니 상대적으로 화가 치성하는 것이다.

수 기운은 오장육부로 볼 때 신장의 기운이다. 신장은 우리 몸 에너지의 진액인 정(精)을 저장해 둔 곳. 정은 우리가 살아갈 수 있는 힘의 근원이다. 우리가 아이디어를 내고 기획을 하고 남녀가 만나 아이를 낳는 등 창조적인 활동을 하는 것은 바로 이 신장의 정을 쓰는 것이다. 문제는 이 신장의 수를 너무 과도하게 쓸 때이다.

음양의 이치로 볼 때 우리 몸의 오장육부도 음양의 짝을 이룬다. 신장의 물과 짝이 되는 장부는 심장이다. 심장은 화(火), 즉 불을 주관한다. 그것은 물질로는 혈(血)이다. 심장의 불이 혈액을 사지 말단까지 보내 주어 우리 몸의 따뜻한 체온을 만들어 준다(마치 임금님이 백성에게 은혜를 베풀 듯. 그래서 심장을 군주지관이라고도 한다). 그런데 자연 상태에서 불이 타는 걸 보면 알 수 있듯 불은 위로 올라가 빨리 흩어지는 성질을 지녔다. 따라서 신장의 물이 불을 제어해 주어야 정미롭게 타서 온몸에 적당한 온도의 혈을 보내어 생리 활동을 하게 할 수 있다. 이를 '수승화강'(水昇火降)이라 한다. 신장의 물 기운이 올라가고 물과 섞인 심장의 불은 아래로 내려온다는 뜻이다. 만약 물 기운이 부족하면 수승화강이 안 되어 심장의 불 기운이 멋대로 타서 너무 뜨거운 나머지 이 부인처럼 몸이 차게 되거나 심하면 열이 위로 올라가 온갖 상체의 병을 일으키고 망상에 빠지는가 하면 분열증까지도 앓을 수 있다. 이를 '음허화동'(陰虛火動)이라 한다. 음이 허하여 화가 망동한다는 뜻. 신장의 기운을 지나치게 쓰지 말아야 하는 이유가 여기에 있다.

지금 이 부인은 어떻게 지나치게 신장의 기운을 썼는지 나와 있지 않지만 『동의보감』에선 남자들은 주로 성욕으로, 여자들은 자식에게 집착하거나 감정을 소비하는 데 신장의 기운을 많이 쓴다고 한다. 이 부인도 그랬을 수 있다. 요즘은 어떤가? 옛날보다 더 음허화동이 빈발하는 사회가 되었다. 일단은 환경부터가 화 기운이 넘쳐난다. 온 거리가 밤에도 불이 환히 켜져 있고 사람들은 늦게 잠든다. 집 안에는 열기구가 가득하다. 생활 패턴도 화 기운을 쓰는 쪽이다. 컴퓨터나 핸드폰은 하루 종일 몸에 붙어 열을 뿜어내며 몸의 진액을 말린다. 먹는 음식도 육식에

술이 따르고 야식은 피자나 치킨이 자리 잡았다. 다 '열' 받게 하는 음식들이다.

나는 60대를 감이당에서 공부하는 것으로 시작했다. 집이 멀다 보니 20~30대 청년들과 필동에 빌라 한 층을 빌려 한 집에서 살게 되었다. 그런데 청년들은 의외로 자주 아팠다. 큰 병은 아니지만 한여름에도 춥다면서 양말을 신고 발목 토시를 하고 긴 바지를 입고 돌을 구워 배 위에 올려놓고 잤다. 한여름에 이게 무슨 일이람! 이 부인처럼 오한으로 떠는 정도는 아니지만 항상 추워했다. 이제 생각해 보니 청년들도 부인처럼 속열이었을 수 있다. 나는 그때 비염을 앓고 있었다. 40대 후반에 갑자기 온 비염이었다. 코와 눈이 가렵고 벌겋게 열이 올라 여간 괴롭지 않았다. 나는 청년들과 달리 열이 겉으로 드러난 경우다. 의원이 찬물을 끼얹은 것처럼 나도 찬물로 코와 눈을 씻어 내곤 했다.

감이당에서는 일상에서 양생을 실천한다. 먹거리에서부터 금기를 정했다. 열을 내는 고기나 밀가루 음식은 먹지 않는다. 냉장고의 음식은 한 시간 전쯤 미리 꺼내 냉기를 뺀다. 밤엔 일정한 시간에 불을 끈다. 마침 남산이 코앞이라 언제든 산책을 할 수 있다. 고전 읽기와 글쓰기도 다 수승화강하는 기운을 기르는 활동이다. 화 기운을 내리고 수렴하는 활동이다. 집중해서 정리하고 성찰하고 사유를 조직하기 때문이다.

처음 왔을 때만 해도 이런저런 병을 달고 살던 청년들이 어느 정도 지나서 건강이 좋아지는 걸 보면 마음이 흐뭇해진다. 나랑 빌라에서 같이 살았던 청년들도 많이 나아졌다. 나야말로 비염이 없어졌다. 일부러 애쓰지도 않았는데 저절로 생긴 일이다. 같이 살았던 청년들 말로는 당송팔대가에 대한 글쓰기를 한 다음에 없어졌다나. 양생을 한 2년 실천했더니 수승화강할 수 있었다. 열을 내릴 수 있었다. 찬물을 끼얹지 않아도 되었다.

스토리 동의보감

9

귀신 씌었다는 것

사수병(邪祟病)일 때는 노래도 하고 울기도 하며, 중얼거리기도 하고 웃기도 하며, 혹은 개울에 앉아 졸기도 하고, 더러운 것을 주워 먹기도 하며, 혹은 옷을 다 벗어 버리기도 하고, 혹은 밤낮으로 돌아다니기도 하며, 혹은 성내고 욕하는 등 종잡을 수가 없다.

사람이 정신이 강하지 못하고 심지가 약하여 두려움이 많으면 귀신이 붙는다. 귀신이 붙으면 말을 하지 않고 멍하니 있거나 헛된 말이나 헛소리를 하며, 비방하고 욕설을 하며, 남의 잘못을 들추는 데 체면을 가리지 않으며, 앞으로 있을 길흉화복을 입으로 잘 내뱉는데 그때가 되면 털끝만 한 오차도 없고, 남이 생각하고 있는 것을 척척 알아맞히며, 높은 데 오르고 험한 데 다니는 것을 마치 평지를 걷듯이 다닌다. 그리고 혹은 슬프게 울고 앓는 소리를 내며, 사람을 보려고 하지 않고, 술에 취한 것 같기도 하고 미친 것 같기도 하여 그 증상은 이루 헤아릴 수 없다. 사수의 증상은 전증(癲證) 같으나 전증은 아니며, 때때로 정신이 밝아지기도 하고 흐려지기도 한다.「잡병편」, '사수', 1464쪽

지금은 사라진 풍경이지만 내가 어릴 때는 길을 가다 보면 희죽희죽 웃는 사람들이 있었다. 중얼중얼 혼잣말을 하고 뭔가 골똘히 생각하다가 어디 가냐고 물으면 '어?' 하고 놀라며 또 희죽 웃고. 마냥 유순해 보이다가도 어떨 때는 과도하게 불쑥불쑥 화를 내며 대들기도 하는 아이나 어른. 좀 심하면 옷차림새도 지저분하고 맥락 없이 엉뚱한 말도 하여 정신이 나간 듯하지만 그렇다고 일상을 꾸리지 못할 정도는 아니다. 물론 모자란 사람 취급을 받기는 했지만 식구들과 섞여 살고 혼인하여 가정을 이루기도 했다. 동네마다 이런 사람 한두 명씩은 있었다.

『동의보감』에선 이들의 증상을 '사수'(邪祟)라는 병으로 보고 있다. 수(祟)는 '덧씌운다'는 뜻. 사악한 기운에 씌었다는 의미이다. 그 사악한 기운을 보통 '귀신'이라 부르고 이런 증상을 '귀

신 씌었다'고 한다.

내가 어릴 때 가끔 동네 분들에게서 봤던 이런 증상들은 경증이다. 심하면 앞의 환자처럼 귀신과 교접을 하기도 하고 폭력을 쓰기도 했다가 미친 듯 웃어 젖히기도 하고 미래의 길흉화복을 점치기도 한다. 한 치의 오차도 없이 남의 생각을 척척 알아맞히기도 했으니 신기가 있어 보이기도 했으리라. 한편 아무데서나 대소변을 보고 높은 곳을 평지처럼 날고 옷을 벗고 다니곤하니 이 종잡을 수 없는 증상에 아연해졌을 것이다. 특히 여우에게 홀렸을 땐 증상이 더 심하다. "사람이 여우나 삵에게 홀리면 산과 들을 돌아다니거나, 손을 마주 잡고 아무에게나 예를 표하거나, 조용한 곳에서 혼잣말을 하거나, 옷을 벗고 사람을 대하거나 손을 들어 수없이 읍(揖)을 하거나 입을 꼭 다문 채 손을 마주 잡고 앉아서 지나치게 예절을 차리거나, 대소변을 아무 곳에서나 본다." 「잡병편」 '사수', 1470쪽

여우는 특히 영리한 모양이다. 인간은 여우를 공격하여 털과 가죽을 얻기도 하지만 때로는 여우에게 습격을 당하기도 한다. 자신보다 약한 어린 아이들이나 허약한 사람들에게서 기운을 뺏어 가는 수가 종종 있다. 전래동화에 나오는 숱한 이야기들이 허구만은 아닌 듯하다. 여우에게 기혈을 빼앗긴 사람들이 이런 증상을 보인다 하는 걸 보니.

그래서일까? 『동의보감』에선 이 사수라는 병이 전증(癲證: 정신병)이 아니라고 한다. 귀신에 씌었을 뿐이다. 그런데 그 귀신도 실체가 있는 게 아니다. "이것은 기혈(氣血)이 몹시 허(虛)하고 신기(神氣)가 부족하거나 담화(痰火)가 몰려서 그런 것이지 정말로 요사스러운 귀신이 있어서 그런 것은 아니다."「잡병편」, '사수', 1464쪽

결국 내 몸의 문제다. 원기가 극도로 쇠약해져서 정신이 소통되지 못하고, 소통되지 못한 기혈이 뭉쳤기 때문에 생긴 현상일 뿐 실제로 귀신이나 헛것이 있지는 않다는 것. 기혈이 흐르지 못하고 뭉치면 이처럼 이랬다저랬다 종잡을 수 없는 극단적인 증상들이 나타난다는 것이다. 증상이 아주 요상하다 보니 이렇게 몸이 뭉친 상태를 그냥 '귀신' 혹은 '악귀'라는 말로 부르고 있을 뿐이다. 여우의 기운도 인간에게 해를 끼칠 때는 귀신이 된다. 『동의보감』에선 이처럼 해괴한 증상도 미신적으로 보지 않고 몸의 허실에 따른 자연과학적 현상으로 풀고 있다.

따라서 치유도 자연과학의 방법으로 한다. 쇠약해진 기운을 보충하기 위해 약재로 녹용을 쓰고 사기를 물리치는 주사나 웅황(천연 비소화합물)을 먹거나 몸에 지니고 다닌다. 호랑이 눈알이나 호랑이 뼈 특히 호랑이의 기운이 몰려 있는 앞다리 뼈를 약재로 쓰기도 하고 부적처럼 몸에 지니기도 한다. 민간에서 호

랑이가 그려진 민화를 벽에 거는 것도 호랑이의 힘을 받아 악귀를 물리치기 위해서일 것이다. 여우에게 홀렸을 때는 여우 고기를 먹이고 여우의 머리, 꼬리, 똥을 태워서 귀신을 물리친다. 여우의 뜨거운 양의 기운을 거꾸로 이용하는 것이다. 또 귀곡혈(鬼哭穴)에 뜸을 뜨면 환자가 여우 목소리로 "나는 간다"라고 슬프게 말하면서 낫는다고 하니 여우 귀신에게 홀렸다는 말이 실감이 난다.

지금은 여우 귀신에게 홀릴 일이야 없지만 우리를 홀리고 덧씌우는 귀신의 기운들은 결코 옛날보다 덜하지는 않은 것 같다. 화폐의 유혹, 보험의 유혹, 주식·부동산 투기의 유혹, 권력과 명예의 유혹 등등이 온갖 귀신에 덧씌우는 것 아닌가? 그 결과 우리는 거식과 폭식, 울증과 조증, 삶 충동과 죽음 충동이 오락가락하는 종잡을 수 없는 증상에 시달린다. 연일 터지는 큼직한 뉴스는 귀신에 씌지 않고서야 생길 수 없는, 이해할 수 없는 일들이다. 우리의 기운이 약하고 뭉쳐져서 그런 것이다.

10

우물의 독, 마음의 독

여름에 우물을 치다가 죽는 일이 흔히 있는데 음력 5월과 6월에는 더욱 심하다. 오랜 무덤 속이나 깊은 우물 속에는 좋지 못한 기운이 잠복되어 있다. 만약 이런 곳에 들어가면 정신을 잃고 답답해하다가 갑자기 죽는 경우가 있다. 이때는 즉시 우물물을 퍼다가 얼굴에 뿜어 주는 동시에 찬물에 웅황가루를 1~2돈 정도 타서 먹여야 한다.

신성현(新城縣)의 한 인가에 마른 우물이 하나 있었는데, 손님 두 사람이 5월에 돈주머니를 잃고 혹시 그 우물 속에 빠지지 않았나 하여 한 사람이 먼저 그 우물 속에 들어가서는 고요하게 아무런 소리도 들리지 않아서 또 한 사람이 들어갔는데 역시 오랫동안 있어도 나오지 않았다. 이때 곁에 있던 사람이 이상하게 생각되어 집주인과 의논하고 밧줄에 판자를 얽어매서 우물 속에 드리워 놓은 다음 사람을 시켜 그것을 타고 내려가 우물을 살펴보라고 하였는데 그 사람도 역시 아무런 소식이 없었다. 그리하여 곧 밧줄을 당겨 올려 보니 정신을 잃고 있었으므로 찬물로 깨어나게 하였다. 그리고 닭과 개를 넣어서 우물 속에 넣어 시험해 보니 그것들도 다 죽었다. 그래서 우물 둘레를 파헤친 다음 두 사람의 시체를 보고 밧줄로 시체를 걸어 끌어 올려놓고 자세히 보니 온몸이 검푸르게 되었는데 상한 흔적은 없었다. 그러나 이것은 그 속에 있던 독기에 상하여 죽은 것이 틀림없다. 치료하는 방법은 위와 같다. 「잡병편」'구급', 1615쪽

지금이야 유적지에나 가지 않으면 보기 힘들지만 80년대까지도 가정집엔 우물이 있는 경우가 많았다. 농촌에는 공동우물도 있어 아낙들이 식수를 길으러 드나들었고 채소를 씻고 빨래도 하면서 왁자지껄 수다를 하고 동네소식을 전해 듣는 등 활기를 띠는 장소였다.

그런데 우물 안을 들여다보는 순간은 다소 무서움이 일어나기도 했다. 깊고 어두운 곳이어서 좀 아찔하기도 했고 이끼 낀

오래된 우물담을 통해 올라오는 냉기가 얼굴에 닿으면 몸이 움츠려졌다. 물은 음기(陰氣)인데 우물물은 땅속 깊은 곳에 있으니 더욱 음기가 강한 물이다.

신성현의 우물은 물이 말랐지만 음산한 음기는 그대로였을 것이다. 말랐다 해도 물기는 있을 터이고 운동하지 못한 채로 고여 있는 상태인 데다가 깊고 돌담에 가리어서 햇빛이 환히 비추지 못하니 물이 썩어 독이 생길 수 있다. 특히 음력 5월과 6월(양력 6월과 7월)에는 더 그렇다.

이때는 절기로는 망종, 하지(5월)와 소서, 대서(6월)일 때이다. 여름이다. 양력 6월 5일 전후인 망종이 되면 태양의 열기는 그전보다 두 배로 많아진다. 갑자기 왈칵 더워지기 시작한다. 태양열은 하지 때에 절정에 달하지만 우리가 체감으로 느끼는 더위는 그때가 좀 지나서 양력 7월인 소서, 대서 때 더욱 심하다. 이때는 습기까지 동반하기 때문이다. 하지 때 화 기운(양기)은 절정에 달했었기 때문에 더 이상은 양기로 지속되지 않고 음기로 전환하는데 그것은 비로 나타난다. 장마가 시작된다. 고온다습한 소서의 기후는 대서에 더 심해지고 자연에도 습기가 생기게 하므로 열기와 한기가 부딪히면서 독이 생긴다. 수기(水氣)에도 독이 있어 풍습사기(風濕邪氣)로 변하여 아

스토리 동의보감

프고 저리며 붓고 얼굴이 누렇고 배가 불러 오게 만든다. 「잡병
편」, '습', 1157쪽

양력 7월인 소서, 대서 때는 갑자기 더워지는 데다 장마가
시작될 때여서 고온다습한 기운까지 겹쳐지므로 독이 생긴다는
것. 게다가 사람의 몸은 이러한 계절인 여름에 가장 허약해진다.

여름 한철은 사람이 정신을 빼앗기는 시기로서 심기(心氣)는
왕성하고 신기(腎氣)는 쇠약하여 신정(腎精)이 물처럼 되었다
가 가을에 가서 엉기기 시작하고 겨울에 가서 굳어지게 되므
로 방사(房事)를 특히 삼가 정기(精氣)를 굳건히 보양해야 한
다. 「잡병편」, '서', 1155쪽

여름은 양기가 충천하는 때다. 양기가 많다는 것은 상대적
으로 음기인 신장(腎臟)의 기운이 부족하다는 뜻이다. 신장에는
정(精)이 저장되어 있다. 양기도 음기인 정의 도움으로 발휘되는
것인데 이 계절은 정이 부족해질 때이니 몸이 허해져 자연 힘이
없고 축 늘어지며 지칠 대로 지친다. 따라서 이런 몸으로 우물에
들어간다면 갑자기 죽을 수도 있다는 것.
그래도 빨리만 구급하면 살려 낼 수도 있으니 웅황가루를

먹이라고 한다. 웅황은 광석인데 해독에 큰 효과가 있다. '웅황을 차고 다니면 귀신이 가까이 오지 못하고 산속으로 들어가면 호랑이나 이리도 숨어 버리며 큰물을 건널 때도 독에 상하지 않는다.'「탕액편」, '석부', 2132쪽 지금의 우리들은 구급상황이 되면 응급실로 가지만 옛날은 이처럼 약을 상비했다가 구했던 모양이다.

여름 초반은 우리의 마음도 우물처럼 독이 생겨날 수 있는 때다. 소서, 대서 무렵 덥고 장마까지 시작되면 가만히 있어도 몸이 무겁고 짜증이 올라온다. 별것도 아닌 일에 시비가 벌어지기 일쑤다. 의욕도 떨어지고 연초에 모처럼 결심하고 시작한 일도 이 시기에 포기하는 수가 많다. 우물 속으로 들어가 나오지 못하는 격이다. 이럴 때일수록 계절의 기운에 휘말리지 말고 그것을 장악해야 한다. 무모하게 우물로 들어가지 말아야 한다.

11

백마 타고 온 손님

별가(鼈瘕): 자라 고기를 먹고 소화가 되지 않아 가병(假病)이 된 것이 명치 끝에 있어서 만져 보면 머리와 발 같은 것이 나타나고 때때로 움직여서 아픈 경우에는 백마 오줌을 마시면 곧 낫는다. 옛날에 어떤 사람이 종과 함께 이런 병에 걸렸는데, 종이 먼저 죽어서 그의 배를 갈라 보니 자라가 있었으므로 그것을 마당 한가운데 두었다. 그때 백마를 타고 온 손님이 있었는데, 그 말이 그 자라 위에 오줌을 누자 그 자라가 녹아서 없어지는 것을 보았다. 주인이 그 신기한 효과를 알고 백마 오줌을 마시고는 곧 나았다. 「잡병편」 '괴질', 1618쪽

『동의보감』에서 앞의 대목을 보면 우선 '옛날엔 자라 고기를 먹었나?' 하는 의문이 든다. 우리가 먹는 음식도 시대에 따라 달라지곤 한다. 무역이 발달해서 외국 재료들이 들어오고 품종들이 다양해지고 생산량이 많아지거나 적어진 재료가 있고 사람의 입맛도 변해서 전에는 본 적도 없는 재료들이 있는가 하면 예전에 즐겨 먹었던 음식을 안 먹게 되는 경우도 있다. 예를 들어 전복은 예전에는 무척 귀했지만 지금은 양식으로 매우 흔해져서 요리에 자주 사용한다.

자라는 지금은 보기도 힘들지만 옛날에는 종종 먹기도 했었던 모양이다. 강이나 호수에서 산다고 하니 강에서 잡아 식용이나 약으로 사용했을 수 있다. '자라 보고 놀란 가슴 솥뚜껑 보고도 놀란다'라는 속담도 있고『별주부전』의 주인공으로도 등장하는 걸 보면 사람과 친숙한 사이였던 모양이다.

『동의보감』에도 자라의 성질과 약성이 나와 있다.

별육(鼈肉: 자라 고기): 성질은 차고, 맛은 달다. 열기(熱氣)와 습비(濕痹) 및 부인의 대하(帶下)를 치료하는데, 기를 보하고 부족한 것을 보해 준다. 잘게 썰어서 양념을 넣고 끓여서 먹는다. 그러나 오랫동안 먹으면 사람을 상하게 하는데, 그것은 성질이 차기 때문이다.「탕액편」, '충부', 1923쪽

자라는 등딱지도 약으로 사용된다. 또한 '산 채로 잡아 등딱지에서 고기를 발라낸 것이 좋다'「탕액편」, '충부', 1923쪽고도 나와 있다. 그런데 소화가 되지 않을 경우 가병(假病)이 된다는 게 문제다. 가병이란 음식이 몸에 들어가 소화되지 않고 원래의 생명체로 살아 움직이는 것을 말한다. 헉! 생각만 해도 오싹하다! 자라고기를 먹었는데 그것이 몸속에서 자라로 자라서 머리와 다리가 생기고 명치 끝에서 만져지다니! 움직일 때마다 통증이 생긴다니! 설마설마했는데 실제로 죽은 종의 배에서 자라가 나왔다고 하니 놀라울 뿐이다.

하지만 『동의보감』엔 가병의 종류가 여럿 나와 있다. 수정된 도마뱀알이 묻은 미나리를 먹었을 때 배에서 도마뱀이 생기는 교룡가(蛟龍瘕), 뱀 고기를 먹고 소화가 되지 않아 뱀이 생기는 사가(蛇瘕), 삶은 계란을 지나치게 먹어 병아리가 생기는 계가(鷄瘕). 심지어 머리카락이 뱀처럼 변하는 발가(髮瘕)도 있는데, 환자를 토하게 해서 보니 머리 달린 실뱀 같은 것이 나와서 벽에 걸어 두었는데 물이 마르니 한 올의 머리카락이었다는 것. 『동의보감』에선 이런 가병은 의학적으로 설명하기 어려운 괴상한 병들이라는 의미에서 '괴질'이라는 항목으로 묶고 있다.(지금의 우리에겐 낯선 병이지만 지금도 원인을 알 수 없는 병의 대부분이 지나치게 먹어서 생기고 있는 건 분명하다.)

병은 이처럼 심각하고 오싹한데 치료는 참 우연하게 이루어져 재미있다. 마당엔 죽은 종의 배에서 나온 자라가 있는데 하필 그때에 백마를 타고 손님이 왔고 백마는 또 우연히 그 자라 위에 오줌을 쌌다. 백마의 오줌이 약으로 탄생하는 순간이다. 자라가 녹아 없어지는 걸 보며 주인은 얼마나 신기하고 기뻤을까!

음식의 재료도 그 고장에서 나는 게 가장 좋고 집도 자기 고장의 재료로 짓는 게 가장 좋다는 말이 있듯 약도 가까운 데서 찾으라는 말이 있다. 하지만 가까워도 이처럼 가까이에서 약을 찾을 수 있다니! 그것도 우연히! 백마 오줌의 성분이 어떠하기에 자라를 녹여 내는지는 모르지만 병과 약의 서사가 신기하고 정겹다. 자라 – 손님 – 백마 – 오줌. 언뜻 전혀 상관없어 보이는 이 별개의 것들이 하나로 꿰어지는 연결의 서사. 이 연결이 이루어지기까지 얼마나 많은 만남과 헤어짐이 있었으며 사건들이 있었겠는가. 우연처럼 보이지만 사실은 필연적으로 펼쳐진 서사다. 이처럼 약은 "약으로 등록되려면 헤아릴 수 없이 많은 인연이 중첩되어야 한다".고미숙, 『동의보감, 몸과 우주 그리고 삶의 비전을 찾아서』, 북드라망, 2012, 348쪽

이 스토리에서 그 수많은 인연의 최종 매니저는 백마를 타고 온 손님이다. 주인은 이 손님이 얼마나 소중했을까? 옛날부터 병은 선전하고 다니라는 말이 있다. 누구를 만나서 어떤 약

을 만나게 될지 모르기 때문이다. 병이 있으면 반드시 약도 있는 법. 하지만 그것을 연결해 줄 매니저가 없다면 약은 태어나지 못한다. 그런데 이처럼 그냥 있었는데도 매니저가, 그것도 백마를 타고 와 주었으니 운이 이만저만 좋은 게 아니다. 하긴 이럴 때도 있어서 살맛 나는 거 아닌가!^^

12
토에도 때가 있다

어떤 사람이 몹시 취해서 다 토하고 깊은 잠을 자고 다음 날 아침에 일어났는데, 눈에 보이는 것이 모두 거꾸로 보였다. 의사가 그의 맥을 보니 왼쪽 관맥(關脈)이 부촉(浮促)하였으므로 과체와 여로를 써서 아침나절에 토하게 하자 물건이 평상시와 같이 바로 보인다고 하였다. 대체로 이 것은 술에 상해서 토할 때 상초(上焦)가 뒤집히고 담(膽)의 위 치가 거꾸로 되었기 때문에 사물이 다 거꾸로 보이게 되었던 것이므로 다시 토하게 하여 담을 자기 위치로 돌려놓으면 저 절로 낫는다. 「잡병편」 '괴질', 1619쪽

술을 지나치게 마실 경우 종종 토하는 경우가 있다. 술은 화(火) 기운이 강해서 위로 솟구치려 하기 때문이다. 토하는 게 고통스럽기야 하겠지만 그래도 쏟아 냈으니 얼마간 시원할 테고 잠까지 푹 자고 나면 아침엔 괜찮아져야 할 것이다. 그런데 깨어 보니 사물이 다 거꾸로 보인다? 얼마나 황당할까?

의사는 그 원인을 전날 밤에 토했기 때문으로 보고 있다. 지나치게 토하는 바람에 상초와 담이 뒤집혀 그리됐다는 것. 헉! 장부가 뒤집힐 수 있다는 걸 여기서 처음 듣는다. 상초와 담이 그렇게 헐렁한 장부였던가? 뒤집힐 정도로? 또한 담이 사물의 상을 바로 보이게 하는 기능을 하나? 토하는 것이 담이 거꾸로 뒤집힐 만큼 격렬한 운동인가?

한의학에서 담은 간에 박처럼 붙어 있으며, 간의 남은 기가 전달되어 담즙을 이룬다고 한다. 『동의보감』에 따르면 눈에는 오장의 정기가 다 모여 있기 때문에 볼 수 있는 기능을 할 수 있다. 그 중에서도 특히 간과 담의 기운이 크게 작용한다. 눈과 간/담은 밀접한 관계에 있다. 또한 눈은 뇌와 연결되어 있다. "오장의 정기는 눈의 맥락(脈絡)과 합병되어 목계(目系)를 형성하는데, 목계는 위로 올라가 뇌에 닿고 뒤로 나아가 목덜미에 이른다."「외형편」 '안', 603쪽 눈 – 간/담 – 뇌는 하나의 계열을 이룬다. 눈은 서양의학에서도 뇌의 일부가 변형된 것으로 본다. "시각은 뇌의 연장이며 두개골에 둘러싸인 뇌의 일부가 뻗어 나와 밖으로 노출된 것이 우리의 눈"알베르트 수스만, 『12감각』 서유경 옮김, 푸른씨앗, 2016, 180쪽이라는 것. 상이 맺히는 곳은 머리 뒤쪽(목덜미) 망막인데 망막의 시세포는 그것을 전기적 정보로 전환하여 뇌에 연결된 시신경을 통해 뇌에 전달한다.

『동의보감』에는 망막에서 상이 맺힌다는 내용은 없다. 그런데 어떻게 의사는 상초와 담이 거꾸로 뒤집혔기 때문에 모든 게 거꾸로 보인다고 생각했을까? 간단하다. 거꾸로 보이는 증상을 보고, 보는 것을 주관하는 장부인 담이 뒤집혔다고 본 것이다. 물론 맥을 보고도 알았다.

맥 중에서 관맥은 의사들이 손목에 세 손가락을 대고 맥을 짚을 때 가운뎃손가락이 닿는 부위인데 관맥으로 상초와 목기(木氣)를 가진 간/담을 진단할 수 있다. 이 관맥이 부촉하다는 것은 간/담이 열이 뜨고 급하게 활동한다는 뜻이다. 당연하다. 술의 열성이 워낙 강한 데다 많이 마셨으니 소화액의 물이 많아야 소화가 될 터인데 술의 열성을 해독할 만큼의 물을 확보할 수 없으면 소화할 수가 없어 토해 버린다. 토할 때 쓰는 기운은 위가 아니라 상초 혹은 간의 기운이다. 간과 상초는 위로 뻗는 강한 기운을 쓰는 장부다. 관맥에 열이 떴다는 것은 그만큼 상초와 간 담을 무리하게 썼다는 증거.

그런데 그 치료가 '토'(吐)라는 게 특이하다. 한의학에서 토(吐)는 병증이기도 하지만 '한'(汗, 땀 내기), '하'(下, 설사하기)와 더불어 중요한 치료법이다. "상고시대부터 고명한 의사들이 써 오던 것인데 그 효험은 신묘하여 이루 헤아릴 수 없다"『잡병편』 '토', 1000쪽고 한다. 그러나 잘못 토하게 하면 오히려 환자에게 해를 끼칠 수 있다면서 주의를 요하고 있는데 그 첫째가 될 수 있는 한 봄에, 그리고 날씨가 맑을 때 하라고 한다. 봄이나 맑은 날은 위로 솟는 기운인 목기가 왕성할 때다. 그러니까 치료도 우주의 기운에 맞추어 계절과 날씨에 따라 하라는 것. 그래야 무리가 없다. 부득이 계절과 날씨까지는 맞출 수 없다면 시간만큼은 지키라고 했다. "토하는 것은 진시(辰時: 오전 7~9시)나 묘시(卯時: 오전 5~7시)에 하는 것이 좋다. 이른 아침부터 한낮까지는 천기(天氣)가 양(陽)에 속하는데 이때는 양중지양(陽中之陽)이다."『잡병편』 '토', 1002쪽 아침에는 자연의 기도 위에 있고 사람의 기도 위에 있어 양 중의 양이라는 것. 우주의 기운과 치료가 호응한다.

신체에서 가장 윗부분을 한의학에선 '상초'라 한다. '머리에서 명치까지'를 말한다. 머리의 뇌까지를 포함하는 게 상초다. 토할 때 소리를 내며 힘을 주는 부위가 상초이다. 상초의 기운을 이용해 위로 뱉어내게 된다.

그런데 앞의 술 취한 자는 밤에 토했다. 밤은 활동이 멈추고

기가 아래로 내려가 쉬는 시간. 이러한 때에 위로 토했으니 자연의 흐름과 반대로 한 셈이다. 그러니 상초와 담에 무리가 가서 뒤집혔다고 본 것이다.

의사는 밤에 토해서 병이 생겼다고 보고 아침에 토하게 해서 치료했다. 아침에 토하게 하니 상초와 담이 제자리로 돌아오면서 거꾸로 맺혔던 상이 다시 뒤집혀서 바로 된 것! 이처럼 간단하게 치료하다니! 신묘하다.^^ 여기서 포인트는 아침나절에 토하게 했다는 점이다.

토(吐)조차 자연의 질서에 순응해서 행할 때 치료가 되는 것을 보니 우리 몸이 얼마나 우주 자연과 연동되어 있는지 알게 된다. 토뿐이겠는가? 모든 치료가 그러할 터이니 어떻게 살아야 할지를 알기 위해서는 먼저 우주 자연의 순행 원리를 알아야겠다는 생각을 하게 된다.

13
진흙에서 뒹구는 아이

어떤 어린이가 손발에 경련이 일었
다. 이에 대인(戴人)이 말하기를 "심화(心火)가 승(勝)하여 그런
것이니 그 손을 붙잡지 말고 경련이 이는 대로 그대로 두어라.
이것은 유모가 너무 지나치게 아이를 보호하여 생긴 것이다"
라고 하였다. 그리고 땅을 깨끗이 쓸게 하고 물을 뿌려 아주
축축하게 한 다음 아이를 땅 위에 눕히고 한참 두었는데 마구
뒹굴어서 온몸이 진흙투성이가 되었을 때 이내 우물물로 씻
어 주었더니 곧 나았다.「잡병편」'소아', 1725쪽

"차라리 남자 열 명의 병을 치료할지언정 부인 한 명의 병을

치료하기는 어렵고, 차라리 부인 열 명의 병을 치료할지언정 어린이 한 명의 병을 치료하기는 어렵다." 이는 『동의보감』「잡병편」'소아' 서두에 나오는 말이다. 남자보다 여자, 여자보다 아이의 병을 치료하기가 어렵다는 것. 여자는 남자보다 감정을 더 쓰기 때문이고 어른에 비해서 아이는 아직 오장육부와 근골과 기맥이 약하여 진단하기 어렵기 때문이다. 게다가 아이는 증상을 표현할 수가 없어서 더 어렵다.

아이의 병 중에서도 가장 흔하면서도 위험한 것은 경기(驚氣)다. 깜짝깜짝 놀라는 것. 큰 말소리에도 놀라지만 주변의 조그만 소리에도 놀라기 일쑤다. 자면서도 흠칫 놀라거나 울 때가 있어 가만히 달래 주기도 한다. 심하면 몸과 손발을 비틀 때가 있다. 경련을 일으키는 것이다.

『동의보감』에서는 이런 경련을 어린아이의 병 중에서도 가장 무서운 병으로 여긴다. '순식간에 흉증으로 변하여 잠깐 사이에 죽을 수도 있기 때문'「잡병편」'소아', 1731쪽이다. 심한 경기는 왜 또 밤에 그렇게 일어나는지, 나도 밤중에 아이를 들쳐업고 병원으로 달려갔었다.

앞의 아이는 손발에 경련이 일었으니 부모가 얼마나 놀랐을까? 급히 의사를 찾아갔을 듯하다. 의사는 아이의 경기를 열 때문으로 보았다. 어린아이는 음양으로 볼 때 양의 기운을 지닌다. 봄의 새싹처럼 이제 막 태양의 열기를 받으며 자라나기 시작하는 때다. 그래서 몸이 항상 따뜻한 상태이고 움직이기를 좋아한다.

이렇듯 아이는 양기 덩어리인데 여기에 열까지 더해지면 너무 과도하여 위험해진다. "어린아이가 열이 그득하면 담(痰)이 생기고 담이 성하면 놀라고, 몹시 놀라면 경련을 일으키고 경련이 심하면 이를 악물면서 팔후(八候)가 나타난다."「잡병편」, '소아', 1722쪽 담이란 몸의 수분이 열 때문에 졸여져서 뭉친 것이다. 그러면 혈액이 담에 갇혀 길을 찾지 못하고 막히기 때문에 몸이 저리거나 꼬이게 된다. 이게 경련이다. 이때 꼬이는 손이나 발을 잡아 주면 '손발이 오그라들' 수가 있고 '반신불수가 된다'. 그러잖아도 막힌 곳을 잡았으니 더 막히게 되기 때문이다.

의사는 유모가 아이를 과잉보호해서 열이 심해졌다고 보았다. 아마 두껍게 싸서 입히거나 자주 안아 주거나 해서 아이가 충분히 움직이지 못한 게 아닐까? 권세 있는 집 아이일수록 이럴 가능성이 많다. 『동의보감』에서는 특히 옷에 대한 언급을 하고 있다. "갓난아이의 피부는 아직 실하지 못하므로 옷을 두껍게 입혀 너무 덥게 해주면 피부와 혈맥을 손상시켜 창양(瘡瘍: 몸겉에 생기는 여러 가지 질병)이 생기고, 땀이 난 다음에는 땀구멍이 닫히지 않아서 풍사가 쉽게 침입하게 된다."「잡병편」, '소아', 1709쪽 아기는 양기가 충만할 때라, 열이 있는 데다 옷까지 두껍게 입히면 아직은 여물지 않은 살을 더 여리게 하고 혈액순환이 안 된다. 그래서 예부터 아기는 박하게 키우라고 했다. 너무 싸지 말고 서늘하게 키우라고 했다.

옷은 새 옷보다 헌 옷, 그것도 노인이 입던 옷으로 만들면 더 좋다. "70~80세의 노인이 입던 헌 바지나 헌 저고리를 뜯어서 아이의 의복을 해 입히면 진기가 전해져서 어린이가 수를 누리게 된다. 부잣집이라고 하여 절대 새 모시나 비단 같은 것으로 어린아이의 옷을 만들어 입혀서는 안 되는데, 이렇게 하지 않으면 병이 생길 뿐만 아니라 복이 깎인다." 「잡병편」, '소아', 1709쪽

노인은 음기가 응축되어 있다. 노인의 오래된 옷은 섬유가 빡빡하지 않고 느슨해졌기 때문에 공기가 잘 통할 뿐 아니라 노인의 축적된 지혜와 연륜도 배어 있다. 고로 노인의 옷으로 아이의 옷을 만들어 입히면 그 진기를 물려받을 수 있다는 것. 노인과 아이는 찰떡 궁합이다! 음양의 결합.

요즘 엄마들 중에는 이 사실을 알아 일부러 배냇저고리를 낡은 것으로 입히고 입었던 옷들을 서로 바꾸어 입히기도 한다. 그래도 아이들은 옛날보다 더 과잉보호에 노출되어 있다. 한둘만 낳으니 더 아이에게 올인하게 되고 좋다는 것은 다 해주고 싶어한다. 갓난애 때부터 벌써 고급 메이커의 폭신한 쿠션에 싸이

고 수시로 목욕하고 유모차에 실려 이동하고. 아이들 패션을 보라. 옷감도 디자인도 거의 어른의 옷과 같고 사이즈만 작을 뿐이다. 다리에 짝 달라 붙는 옷을 보노라면 내 마음도 답답하다. 노는 장소도 주로 집안이나 열이 가득한 마트의 실내 공간이니 어떻게 양기를 마음껏 펴서 열을 내릴 것인가? 요즘 아이들이 예전 아이들과 달리 눈을 깜박이는 틱을 많이 앓는 것도 이 열을 주체할 수 없어서가 아닌지.

의사가 열을 내리게 한 방법은 너무 간단하다. 옷을 벗겨 축축한 땅에서 뒹굴게 한 것. 땅에 물을 뿌려 축축하게 한 것은 땅이 음기이고 물 또한 찬 성질이기 때문이다. 열이 내리면 담이 풀어진다. 이렇게 열을 내려 막힌 곳을 뚫으면서 마음껏 구르게 하면 기가 온몸의 경락으로 고루 퍼져 꼬이던 것이 풀어진다. 깊은 우물물도 음기 가득한 찬 성질. 그것으로 씻겨 주면 치료 끝.

얼마나 쉬운가. 약 한 방울 안 먹이고 침 한 대 안 맞히고 축축한 땅에 구르게 했을 뿐인데 병을 고쳤으니. 예방 또한 얼마나 쉬운가. 돈 주고 살 필요 없이 그냥 노인이나 어른이 입던 헐렁한 옷을 적당히 줄여서 입히고, 마구 구르면서 뛰놀도록 내버려 두는 것. 요즘은 희한한 세상이다. 힘들여 과잉보호해서 돈 주고 병을 사니 말이다. 돈 주고 아이의 복까지 깎고 있지 않은가.

14

음을 보호하라, 정을 간직하라

　　어떤 사람이 아들을 낳았는데 온몸에 홍사류(紅絲瘤)가 생겨서 죽었다. 그 뒤에 낳은 셋째와 넷째도 다 그렇게 죽었다. 동원(東垣)이 말하기를 "당신의 신장 속에 잠복된 화(火)로 인해 정액에 홍사(紅絲)가 많이 생겨 그것이 아들에게 옮겨 갔기 때문에 그런 병이 생겼는데, 속칭 '태류'(胎瘤)라는 것이 이것이오"라고 하였다. 그리고 살펴보게 하니 과연 그 말과 같았다. 그래서 자신환(滋腎丸)을 자주 먹여 신(腎)의 화사(火邪)를 사(瀉)하게 하고 술과 고기, 맵고 열한 음식을 먹지 못하게 하였다. 그의 처에게는 육미지황원(六味地黃元)을 먹여 음혈(陰血)을 도와주었다. 그런 후 임신 5개월이 되어 황금과 백출을 가루내어 먹이고 아들을 낳았는데, 전에 앓던 병이 다시 나타나지 않았다. 「잡병편」 '소아', 1763쪽

아무리 목숨은 재천이라지만 태어나자마자 약 한 번 써 보지 못하고 죽는다는 건 참담한 일이다. 천재지변도 아니고 전쟁 중도 아닌 평온한 시절에 태어났으면서도 부모의 잘못에 의해서라면 더욱이 참담한 일이다. 갓난아기의 몸에 붉은 실 같은 홍사류가 온통 퍼져 있었다니 상상만 해도 끔찍하다. 그 물 같은 연한 살에 이게 웬 일인가?

의사는 아이 아버지에게서 원인을 찾고 있다. 아이 아버지의 정액에 홍사류가 생긴 것이 아이에게 옮았다는 것. '태류'라는 속칭까지 있는 걸 보면 이런 일이 종종 있었던 모양이다. 왜 남자의 정액에 홍사류가 생기는 걸까? 의사는 신장에 화(火)가 잠복되었기 때문으로 보고 있다. 『동의보감』에 따르면 신장에는 남자의 경우 정(精)이 간직되어 있다.

정은 우리 몸을 이루는 물질적 토대이다. 이는 우리가 먹은 음식물로부터 이루어지는데 주로 곡식에서 섭취한 기운이 변하여 된 것이다. '쌀 미'(米) 자를 부수로 하고 있다는 점에서도 알 수 있다. 정은 우리 뼈의 골수와 뇌수, 그리고 남자의 경우 아래로는 음부에 흘러들어 정액을 이룬다. 이 정액을 내보내어 아

이를 낳는 것이므로 정액은 생명을 만드는 근본 물질이다. 그래서 정을 우리 몸의 '지극한 보배'라고 하고 있다. 이 정은 양기(陽氣), 불의 기운이다. 생명을 만드는 강한 힘을 갖고 있다. 정은 액체로서 그 자체로도 물 기운을 가지고 있지만 신장에 저장되어 있다. 신장은 음기(陰氣), 즉 물의 장부다. 음양의 이치로 볼 때 정의 양기가 잘 보존되려면 음기가 받쳐 주어야 한다. 정을 간직해야 하는 이유는 음양의 논리로도 풀 수 있다.

음양이 조화되는 데서 가장 중요한 것은 바로 양기를 굳건히 간직하면서 헛되이 쓰지 않는 것이다. 양기를 굳건히 간직하고 헛되이 쓰지 않으면 생기(生氣)가 든든해져 오래 살게 된다. 이것이 성인들이 지킨 도이다. 양기 자체가 강하여도 잘 간직하지 못하면 음기가 빠져나가 정기(精氣)는 고갈되어 끊어질 것이다. 음기가 고르고 양기가 잘 간직되면 정신의 작용은 날로 좋아진다. 「내경편」, '정', 232쪽

남자는 정액을 갖고 있으니 양기를 강하게 갖고 태어난 셈이다. 당연히 성욕이 강할 수밖에 없다. 그러나 불 기운을 많이 쓰면 신장과 정액의 물 기운, 즉 음기를 졸여 버려 불 기운만 많아진다. 정액에 홍사류까지 생겼다는 것은 이 불 기운이 지나치

게 많다는 증거다. 물이 없는 불. 그것이 아이에게 전해졌을 경우 아직 근골이 제대로 형성되지 못한 아이는 이 지나친 불 기운을 감당하지 못하여 생명을 마감했을 수 있다. 셋째와 넷째 아이도 그렇게 죽었다니 이 아버지 해도 너무했다!

그러므로 이 보배를 잘 간직하는 게 양생의 요점이다. 많이 내보낼수록 뼈대가 흔들리고 정신이 혼미해지며 아이를 낳지 못한다. 오죽하면 '아이를 만드는 데도 오히려 아껴야 할 것을 공연히 버릴쏜가'라고 노래까지 만들겠는가!

물론 화 기운은 성욕으로만 허비되는 것은 아니다. 화 기운이 많은 음식을 먹어도 신장의 물기가 빠져나가 정액에 불 기운이 찰 수가 있다. 화 기운이 많은 대표적인 음식이 술과 고기이다. 의사가 술, 고기, 맵고 열나는 음식을 금하라고 한 것도 그러한 이유이다. 하지만 뭐니뭐니 해도 화 기운은 성행위 때 가장 많이 쓰게 된다. 여기 의사의 처방에는 없지만 아마 당연한 것이어서 생략했을 수도 있다.

『동의보감』에서는 정을 간직하기 위해 음식과 성욕을 절제할 것을 강조한다. 정은 음식물에서 생기고 성욕에서 주로 쓰여지니 당연하다. 정은 달고 향기로운 음식물에서는 잘 생기지 않는다고 한다. 담담한 맛을 가진 곡식만이 정을 가장 잘 길러 줄 수 있다. 특히 죽이나 밥이 거의 끓어 갈 무렵에 가운데에 모이는 걸쭉한 밥물을 정수로 본다. 『동의보감』에는 정을 단련하는 비결도 나와 있다.

정(精)을 단련하는 비결은 반드시 자시(子時)에 이불을 젖히고 일어나 앉아서 두 손을 마주하여 뜨겁게 비벼서 한 손으로 외신(外腎)을 감싸쥐고 한 손으로 배꼽을 잡은 다음 정신을 내신(內腎)에 집중시킨다. 오랫동안 계속하여 연습하면 정이 왕성해진다. 「내경편」 '정', 234쪽

얼마나 정을 간직하는 게 중요했으면 이처럼 구체적인 테크닉까지 알려 줄까. 이런 글을 보노라면 남성들이 참 힘들겠다는 생각도 하게 된다. 수양을 하지 않으면 몸을 보존하기가 어렵게 되어 있기 때문이다. 『동의보감』에 인용된 의학서들은 모두 남성이 지은 것이다. 그런데 한결같이 양생의 요결로 성욕의 절제를 말하고 있으니 남성들이 누구보다 자신들의 몸을 잘 알았다는 뜻이다. 『동의보감』은 어마무시하게 두꺼운 책이다. 그러나 이처럼 많은 분량 중에서 양생의 요결을 딱 한 가지만 말하라면 '성욕의 절제'라고 말하고 싶다. 『동의보감』의 가장 앞부분인 '정'(精)에서부터 언급되더니 각종 질병을 모아 놓은 뒤의 「잡병편」에 이르기까지 끊임없이 반복된다. 함부로 정을 쓰면 온갖

병이 벌떼처럼 일어난다고 경고하고 있으니 병은 생명을 보존하고 후대를 잇기 위한 몸의 전략인 듯하다.

예부터 양생에서 가장 실천하기 어려운 것은 식욕과 남녀의 문제라고 했다. 오늘날은 이를 조절하기가 더욱 어려워진 실정이다. 우리들이 먹는 음식은 어떤가? 고기와 음료는 주식처럼 되었고 술도 거의 음료처럼 되어 버렸다. 밤에는 치맥이 야식으로 인기다. 모두 불 기운을 품은 음식들이다. 성욕을 자극하는 것도 일상에 널려 있다. 정보 하나만 검색하려 해도 줄줄이 뜨는 민망한 장면들. 창닫기를 누르려면 억지로라도 보지 않을 수 없다. 호기심 많을 때인 아이들과 청년들이 클릭 한 번만 해도 정을 빼앗기는 것은 시간 문제다. 드디어 작년에는 신장에 화(火)를 과도하게 품은 신체가 얼마나 큰 위력으로 사회를 파괴하는지 적나라하게 보여 준 사건이 발생했다. 바로 N번방 사건. 디지털 시대이고 보니 상대의 손끝 하나 건드리지 않고도 상대에게 지우기 힘든 상처를 주면서 성욕을 발산하고 화 기운을 쓰는 시대가 되어 버렸다. 홍사류에 온몸이 뒤덮인 아이가 죽어 간 것보다 더한 비극이다.

15

잘나갈 때 조심해

『내경』(內經)에서는 "이전에는 고귀하다가 나중에 비천하게 되어 병이 들었다면 이를 '탈영'(脫營)이라 하고, 이전에는 부유하다가 나중에는 빈곤하게 되어 병이 발생했다면 이를 '실정'(失精)이라고 한다. 이런 경우는 비록 외사(外邪)에 감염되지 않았더라도 질병은 내부로부터 발생할 수 있는 것이다. 이때 환자의 신체는 날로 수척해지고 기(氣)는 허해지며 정(精)은 줄어들다가 병이 심해지면 기력이 없어지고 추위를 느끼며 잘 놀란다. 이렇게 병이 심해지는 것은 정지(情志)가 억눌려 밖으로 위기(衛氣)가 손상되고 안으로는 영혈(榮血)이 소모된 까닭이다"라고 하였다. 왕빙(王冰)의 주해

스토리 동의보감

에서는 "혈(血)은 근심 때문에 졸아들고 기는 슬픔 때문에 감소되므로 밖으로는 위기가 손상되고, 안으로는 영혈이 소모된다"라고 하였다. 이와 같은 증상은 사람으로 하여금 음식 맛이 없게 하고 정신이 나른하여 살이 빠지게 하는데 이런 경우에는 교감단(交感丹)을 내복하고 외용약으로는 향염산(香鹽散)을 써서 이를 닦는다. 「내경편」, '신', 292쪽

내 주변에는 사회적 지위도 누렸고 재산에다 연금까지 있어 살 만한데도 우울하고 아프다는 사람이 있다. 밖에도 잘 나가려 하지 않고 집 안에만 있으면서 밤 늦게까지 티브이만 보다가 늦게 일어나고 밥맛이 없다며 먹지도 않아 몸무게가 많이 줄었다고 그 아내는 걱정한다. 내가 보기엔 바로 '탈영'이다. 요즘 말로 하면 퇴직증후군. 애써 노력해서 최고 지위까지 올라갔는데 딱 1년, 혹은 6개월 하고 퇴직하면 허망한 모양이다. 최고 상사로 대우받는 뿌듯함이 가시기도 전에 갑자기 바닥에 내려온 기분일지도 모른다.

농사짓던 땅이 도로에 편입되어 보상금으로 벼락부자가 되었다가 투자를 잘못하는 바람에 알거지가 되어 두문불출하는 사람도 있다. 이는 '실정'이다. 요즘은 이런 경우가 아주 많다. 이곳저곳 파헤치며 개발을 하다 보니 생기는 현상이다. 롯도(로또)

에 당첨되었는데 그 돈으로 주식 투자를 한 뒤 몽땅 잃고 그다음엔 건강을 잃는 사례도 본다. 옛날에도 이런 경우는 많았을 것이다. 벼슬이 클수록 권력과 재물의 부침이 컸으니 그럴 만도 하다. '부자였다가 가난하게 사는 것은 정승하기보다 어렵다'는 옛말도 있는 걸 보면 매우 힘든 일인 것 같다.

아무도 뭐라 하지 않는데도 스스로 기가 죽고 의욕이 없고 음식 맛도 없어지면서 말라 간다. 슬금슬금 기혈이 소모된다. 낙폭이 크면 클수록 증상은 더해 간다. 이럴 때 『동의보감』에서 내리는 처방은 교감단.

교감단(交感丹): 모든 기가 울체된 증상을 치료한다. 일체의 공적인 일이나 사적인 일로 감정이 생겨 답답한 것, 명예나 재물이 뜻대로 오지 않아 억울하면서 고민스러운 것, 칠정(七情)으로 상하여 음식 생각이 없고 얼굴이 누렇게 뜨면서 몸이 여위며 가슴속이 더부룩하고 답답한 것 등 모든 증상에 신기한 효험을 보이고 수화(水火)를 잘 오르내리게 한다. 향부자(장류수에 3일간 담갔다가 꺼내어 볶은 것) 1근, 복신 4냥. 위의 약들을 빻아 가루를 낸 다음 꿀로 반죽하여 탄알만 하게 환을 만든다. 「내경편」 '기', 262쪽

기가 울체되었다는 것은 기가 막혔다는 것이다. 당연하지 않은가. 거의 밖에 나가지 않고 집에만 있으면서 움직이지도 않으니 막혀서 더부룩하고 답답할 수밖에. 교감단 처방에 쓰인 향부자는 막힌 기를 잘 오르내리게 해주는 약재다. '수화(水火)를 잘 오르내리게 한다.'

우리 몸은 물과 불의 오르내리는 순환을 통해 기가 소통된다. 불은 심장이 주관하고 물은 신장이 주관한다. 아래에 있는 신장의 물은 위로 올라가 위에 있는 심장의 불이 한꺼번에 위로 타올라 사그라지지 않도록 은근히 불을 제압하여 적당한 온도로 만든다. 그러면 불은 물과 섞였으므로 물처럼 흘러 사지 구석구석까지 혈액을 전달할 수 있다. 이것이 바로 기가 통하는 과정이다.

그렇다면 이 기와 혈은 어떻게 만들어지는가? 음식(곡식)을 통해서다. 음식이 위에 들어가 소화되어 변한 정미로운 물질이 기가 되고 그 기가 붉게 변한 것이 혈이다. 그런데 먹지 않기 때문에 기혈이 만들어지지 못하고 반대로 기혈이 통하지 않으니까 먹을 의욕이 안 생긴다. 교감단은 말 그대로 물과 불을 교감시켜 먹게 하고 통하게 해준다는 것. 향염산도 주 약재가 향부자인 걸 보면 식욕을 돋우려는 것 같다.

요즘은 이러한 처방을 써 볼 겨를도 없이 막바로 죽음으로

생을 마감해 버리는 경우가 있어 안타깝다. 아직 먹고살 만한 재산이 있는데도 예전만큼 수입이 없다 하여 비관해서 죽는 경우도 있다. 몇해 전 우리를 놀라게 했던 강남 어느 사업가 가장의 죽음. 그는 잘나가던 사업이 파산하자 아내와 아이들과 함께 목숨을 끊었는데 남겨진 재산이 무려 12억이었다. 자신들의 명예와 부가 영원히 지속되기를 바라는 욕심 때문에 저지른 일이다. 세상은 변해 가는 법. 그건 터무니 없는 꿈이다.

옛 현인들은 사람은 잘나갈 때 조심해야 한다고 했다. 어떤 일이 잘 풀리는 것은 결코 자신의 능력 때문만은 아니다. 주변에서 도와주고 시절을 잘 만나 운이 트였을 수가 있다. 이럴 때 겸손하지 못하고 자신 개인의 능력으로 믿는다면 추락했을 때 절망은 그만큼 더 크다. 부와 명예가 자신의 힘만으로 이루어지지 않았듯 그것을 잃는 것도 자신의 탓만은 아니다. 때가, 여러 조건이 그리 되어서 온 일이다. 그러니 얻었다고 너무 기뻐할 일도 아니요, 잃었다고 슬퍼할 일도 아니다.

옛 현인들은 벼슬의 한복판에 있을 때도 언제든 그만둘 수 있다고 생각하며 귀거래(歸去來)를 준비하곤 했다. 제2의 인생의 출발점으로 삼기도 했다. 세상일은 아무도 예측 못하는 변수가 있게 마련이며 한순간도 쉬지 않고 변한다는 걸 알았기 때문이다.

16
오줌, 몸과의 마지막 이별

어떤 사람이 소변이 나오지 않으면서 배가 불러 오르고 다리가 부으며, 양쪽 눈동자가 볼록하게 나오고 밤이나 낮이나 잠을 자지 못하여 그 고통이 이루 다 말할 수 없었고 구역질과 딸꾹질까지 심한 병을 앓아 여러 의원을 찾았으나 효과가 없었다. 이에 동원(東垣)이 말하기를 "방광(膀胱)은 진액지부(津液之府)로서 기화(氣化)가 잘 되면 소변이 잘 나온다. 소변이 나오지 않는 것은 음(陰)이 없어져서 양기(陽氣)가 운화되질 못하기 때문이다. 그런데 이 사람은 평소에 봉양을 잘 받아 고기나 기름진 것을 너무 많이 먹어서 열이 쌓인 까닭에 병이 된 것이다. 방광은 신(腎)의 부(府)인데 열이 쌓인 지가 오래되어 마르다 보니 소변이 만들어지지 않게 되어서 지금 내외(內外)가 다 막히는 병에 걸려 있으니 죽음이 조석에 달려 있다. 그러나 하초(下焦)를 치료한다면 그 병은 저절로 나을 것이다"라고 하면서 곧 이 처방을 써서 먹이자 얼마 지나지 않아서 오줌이 샘솟듯 하면서 곧 나았다. 「내경편」, '소변', 488쪽

어쩌다 가끔 오줌이 조금만 시원하게 안 나와도 여간 불편하지 않다. 그런데 아예 나오지 않는다면 그 괴로움이 오죽할까. 다리와 배가 붓고 눈동자가 불룩 나올 정도이니 독소가 몸 안에 가득했으리라. 요즘은 투석으로 몸의 독소를 빼지만 고생이 이만저만이 아니다. 내가 아는 분은 매번 서너 시간씩 이틀에 한 번 꼴로 하고 있다. 비용도 만만치 않다. 아파야 숨쉬고 먹고 자고 움직이는 모든 생리 활동이 고맙고 자연스러운 일임을 알게된다.

오줌은 소화의 단계에서 가장 나중에 만들어지는 최종 결과물이다. 어떻게 살았는가를 알 수 있는 증거물이기도 하다. 입으로 들어온 음식은 어떤 여정을 거쳐 여기까지 왔을까?

소변의 형성 경위: 소변은 곧 청탁으로 분별된 수액이 방광으

로 삼투되어 들어갔다가 배출되는 것이다. 『내경』에서는 "수액은 위(胃)로 들어가 그 정기가 넘쳐 올라 비장(脾臟)으로 수송되고 비장이 정기를 퍼뜨리고 수송하는 작용을 거쳐 다시 폐(肺)에까지 수송된다. 그리고 폐가 전신의 수액이 운행하는 길을 소통시키고 조절해 주는 작용을 거쳐 수액을 방광(膀胱)으로 내려 보낸다"라고 하였다. 곧 소변은 또한 물과 같이 정미(精微)한 기가 비(脾)와 폐로 올라가서 운화(運化)된 뒤에 이루어진 것이다. 『내경』에서는 "방광은 진액이 저장되는 곳인데 기화의 과정을 거쳐 오줌을 체외로 배출시킨다"라고 하였다. 「내경편」 '소변', 484쪽

음식물이 위로 들어오면 위는 그것을 삭이는 일을 한다. 죽처럼 숙성시킨다. 본격적인 소화는 소장에서 이루어진다. 소장은 위로부터 1차 소화된 음식물을 받아 잘게 쪼개어 몸에 흡수하기 좋은 물질로 변화시킨다. 이때 소장은 물처럼 맑은 기운(수액)과 탁한 기운의 물질로 분별하여 맑고 정미로운 물질은 비장으로 올려 보내고, 탁하고 무거운 것은 소장의 아랫구멍으로 내려 보낸다.

비장이 받아들인 이 맑고 정미로운 물질은 바로 생명이 살수 있는 촉촉하고 기름진 토양이나 마찬가지다. 이제 비장은 이

것을 전신에 퍼뜨려야 한다. 이를 위해 비장은 폐로 이 물질을 올려 보낸다. 폐에는 모든 경락이 모여드는데 그 경락을 통해 전신으로 보내 신진대사에 쓰이게 한다. 생리대사 후에 쓸모없는 수액은 방광으로 배출하여 폐와 호흡통로의 청결을 유지한다. 위에서 소장으로, 비장으로, 폐로 방광으로.

한편 소장의 아랫구멍으로 내려온 탁한 물질은 소장과 대장이 접하는 난문(闌門)에서 오줌과 똥으로 갈리게 된다. 액체는 오줌으로서 방광으로 들어가고 찌꺼기는 대장으로 들어간다.

방광은 오줌이라는 진액이 고여 있기 때문에 '진액지부'라고도 한다. 그러나 엄밀히 말하면 방광에 고여 있는 것이 아니라 오줌보에 고여 있다. 오줌보는 방광 안에 있는 '오줌을 담아 두는 그릇'「내경편」 '소변', 484쪽이다. 재미있는 것은 오줌보는 상구(上口)는 있지만 하구(下口)가 없다는 점이다. 받아들이는 구멍은 있지만 내보내는 구멍은 없다는 뜻이다. 그렇다면 오줌은 어떻게 밖으로 나갈까?

오줌보가 방광 속에 자리잡고 있음에 상구는 있으나 하구는 없으므로 진액이 오줌보에 찼을 적에는 그것이 저절로 갈 곳이 없기 때문에 반드시 기화(氣化)의 작용을 말미암아 점차적으로 오줌보의 걸으로 스며 나오게 되고 오줌보 아래의 빈 곳에 쌓여서 마침내 오줌이 되어 전음(前陰)으로 배출되는 것이다. 만약 오줌보의 아래에 빈 곳이 없다고 한다면 사람이 소변이 급해서 변소에 달려간다고 하여도 어떻게 금방 나오겠는가? 오직 오줌보 아래의 빈 곳에 가득차서 더 담을 수 없는 지경이 되었기 때문에 급해지는 것이고, 급해서 변소에 달려가게 되면 곧 나오는 것이다.「내경편」, '소변', 484쪽

아직 오줌보에 고여 있는 오줌은 내려갈 구멍이 없으므로 오줌보의 겉으로 스며 나와 오줌보 아래의 빈 곳에 고여 있다가 가득차면 밖으로 나온다는 것이다. 이때 신장의 힘이 필요하다. 신장은 방광과 짝이 되는 장부다. 그래서 신장의 힘으로 오줌보가 데워진다. 그 열기로 오줌이 오줌보 밖으로 스며 나오는데 이를 기화라 한다. 오줌이 따뜻한 이유이다.

신장은 물을 주관하는 기관이다. 음(陰)의 기관이다. 그런데 어떻게 오줌보를 데울 수 있을까? 신장은 두 개의 팥알처럼 생긴 것이 마주보고 있는데 오른쪽에 있는 명문(命門)이 신장이면서도 화(火)를 주관한다. 이 명문화(命門火)가 왼쪽에 있는 신장의 물과 결합하여 오줌보에 있는 오줌을 데운다. 문제는 이 명문화가 너무 셀 때이다. 너무 세면 왼쪽 신장의 물을 마르게 해서 오줌을 기화시킬 힘이 없어져 버린다. 그러면 오줌이 차 있어도

나오지 않게 된다. 마침내 방광에 고여 있던 오줌마저 졸여져 오줌이 만들어지지 않게 된다. 화가 너무 세서 상대적으로 음이 약해진 현상, 음허(陰虛)이다.

스트레스를 많이 받거나 술을 많이 마시거나 고기나 기름진 음식을 먹으면 열이 발생한다. 이 의원은 환자가 기름진 음식을 오랫동안 많이 먹은 것으로 보았다. 아마 환자의 평소 식습관을 알고 있는 모양이다. 봉양을 잘 받아 이리 되었다 하니 자식들이 얼마나 효를 잘못하였는지 알 수 있다. 나이 들수록 담백한 음식을 먹어야 정(精)이 생길 텐데 말이다.

소화의 각 단계를 보면 외부에서 받은 것을 다르게 만들어서 다시 외부에 주는 순환을 계속 반복하는 걸 알 수 있다. 입에서 위로, 비장으로, 폐로, 소장으로, 방광으로. 마치 축구장에서 선수들이 공을 계속 패스하는 것처럼. 떠날 때가 되면 떠나야 하는 법. 이제 마지막으로 방광에서 오줌이 떠나야 할 차례다. 떠나야 할 때 떠나지 못하면 독이 된다. 우리 인생도 마찬가지다. 물질이든 화폐든 마음이든 떠나보내지 못하고 쌓아 두면 거기에 눌려서 위태로워진다. 담담하게 먹어야, 담담하게 살아야 떠날 수 있다.

17
벽을 향해 웃는 남자

식성(息城)의 사후(司侯)는 부친이 적에게 피살되었다는 소식을 듣고 크게 슬퍼하면서 통곡하였다. 그렇게 통곡하고 나자 갑자기 가슴이 아픈 것을 느끼게 되었다. 날이 갈수록 그치지는 않고 한 달쯤 지나자 사발을 엎어 놓은 것 같은 덩어리가 가슴에 생기면서 감당할 수 없이 아파서 온갖 약을 써 보았으나 효과가 없었다. 대인(戴人)이 무당을 불러 헛소리를 장황하게 늘어놓아 환자를 웃기게 하니, 이때에 이르러 그는 크게 웃고 참을 수 없으면 얼굴을 돌려 벽을 향하곤 하였다. 며칠을 그렇게 하자 심중(心中)의 맺힌 덩어리가 모두 없어졌다. 대인이 말하기를, "걱정이 지나치면 기가 뭉치고, 기뻐하면 기가 흩어진다"라고 하였다. 또한 "기뻐하는 것은 슬퍼하는 것을 이긴다. 『내경』(內經)에는 이미 이러한 방법이 있다"라고 하였다. 「외형편」, '흉', 744쪽

살다 보면 슬픈 일을 당하는 경우가 한두 번이 아니다. 그중에서도 부모상을 당할 때보다 더할 때가 있을까? 장례 때에는 조문객을 맞이하고 장례 절차를 지키느라 겨를이 없다가도 모든 게 끝나고 혼자가 되면 가슴이 저며 와 견디기 힘들다. 집안 어딘가에 계신 것만 같고 자주 가는 장소에 서 계신 듯하고 자식을 부르는 목소리가 들리는 것만 같다. 자식을 위하셨던 소소한 일들, 어려운 시대를 살았던 고달픈 삶까지 떠오르며 그리움에 사무치게 한다. 오래 앓지 않으시고 빨리 떠날수록 그 허전함은 더욱 크다.

하물며 부친이 적에게 피살되었을 때의 슬픔이야 말해 무엇하랴. 자식으로서 이보다 더 비통한 일도 없을 것이다. 마지막을 지켜 드리지 못한 죄스러움, 최소한의 장례 절차도 차려 드리지 못한 원통함이 가슴을 쳤으리라. 통곡밖에는 아무것도 하지 못했을 것이다.

가슴에 사발만 한 덩어리가 생길 정도이니 그 통곡이 얼마나 컸을지 짐작이 간다. 하지만 병이 생길 정도로 슬퍼하는 것은

돌아가신 아버지에게도 효가 아니다. 아버지가 아신다면 좋아하실 리가 없다. 자식이 아파하는 것을 어느 부모가 좋아할까.

나도 옛날에 아버지를 여읜 후 위태했었다. 어디에든 다 아버지가 계신 것만 같아서 무엇에도 집중할 수가 없었다. 앉아도 서도 아버지만 생각나서 일상을 유지하기가 어려울 정도였다. 덜컥 겁이 났다. 이러다간 내가 어떻게 돼 버릴지도 모른다는 생각이 들었다. 서점에 가서 이젠 제목도 잊어버렸지만 어떤 불교에 관한 책을 구해서 읽어 어찌어찌 마음을 진정시켰던 적이 있다. 멀리 파도가 밀려왔다가 사라지는 것처럼 우리도 그렇게 왔다 가는 것이라는 내용이었던 것 같다.

앞의 경우에 의원은 기쁨으로 슬픔을 치료하고 있다. 무당에게 헛소리를 장황하게 늘어놓아 환자를 웃게 만들었다. 요즘 말로 하면 개그를 시킨 것이다. 옛날엔 무당이 개그까지 했던 모양이다. 아무리 참으려 해도 안 돼서 개그를 안 보려고 벽을 향해 얼굴을 돌리고 있으니 얼마나 우스우면 이럴까. 마침내 참지 못해 웃음을 터뜨리는 환자의 모습이 눈에 선하다. 며칠 동안이나 웃긴 걸로 보아 증상이 심각했던 모양이다.

우리 몸은 감정에 따라 기가 뭉치기도 하고 흩어지기도 한다. 슬픔이나 생각이 지나치면 뭉친다. 뭉치면 기혈순환의 통로가 막히므로 아플 수밖에 없다. 하지만 이것은 감정으로 다시 풀

수 있다. 기쁨은 화(火) 기운이다. 이는 뭉친 기를 흩어지게 한다. '뭉치면 죽고 흩어지면 산다.'^^ 이때는 기쁨이 약이다.

이는 오장육부와 오행의 관계로도 알 수 있다. 감정은 우리 몸의 오장육부에서 나오는 현상이다.『동의보감』에 따르면 슬픔은 폐가 주관하고 금(金)의 기운이다. 오행의 상극관계로 볼 때 금을 이기는 것은 불(火)이다. 불은 금을 녹이기 때문이다. 화극금(火克金). 그런데 화가 바로 심장이고 심장이 주관하는 감정은 기쁨이다. 그래서 기쁨으로 슬픔을 이길 수 있다. 웃음 한 방이면 끝나는 일이 얼마나 많은가.

젊은 날의 부부싸움 한 토막. 부부싸움이 가장 지리할 때는 서로 말을 안 할 때다. 말을 주고받으며 따질 때는 그래도 할 만하다. 정작 미우면 그마저도 부질없어 입을 다물기 시작한다. 처음엔 그게 편하다. 하지만 장기전으로 돌입하면 그 답답함이라는 게 가슴에 뭉쳐 간다. 슬슬 위기감이 오고 집안의 기류가 무거워진다. 어느 날 그 와중에 중2짜리 아들이 무슨 말 끝에 미국 할리우드 배우들이 타는 고급 승용차, 그 유명한 차를 언급하게 되었다. 그런데 갑자기 이름이 생각 안 난다고 뭐더라? 하며 한참 쩔쩔맸다. 그때 갑자기 남편이 외쳤다. "프라이드 지엘엑스아이!"(pride glxi) 그때 프라이드는 우리가 타고 있던 차로 가장 소형이었다. 지엘엑스아이가 붙어 프라이드 중에서 약간 고급이라고나 할까. 빵 터졌다. 뭉쳤던 게 흩어져 버렸다. 자, 이제 웃어 버렸으니 말을 안 할 수가 없다. 말을 안 하는 게 더 어색하다. 이렇게 웃음 한 방으로 인생의 한 고비를 넘어가곤 한다.

아무리 화가 나거나 슬픈 일이 있는 사람도 우스개 말을 듣거나 우스운 일을 보면 웃게 마련이다. 우리의 몸과 감정은 그렇게 변하게 되어 있다. 그래서 부모를 여의고 품 안의 자식을 묻고 와도 돌아서면 밥을 먹고 웃으면서 살게 되어 있다. 얼마나 다행인가!

18
병으로 병을 치유하다

어떤 부인이 아이를 낳고는 혀가 나와서 들어가지 않았다. 그런데 주진(周眞)이 그를 보고 주사(朱砂)를 혓바닥 위에 붙이고 아이를 낳는 모습을 취하게 한 다음 여자 두 명이 그 부인을 붙들고 있게 하였다. 그리고 벽 밖에 질그릇을 올려놓았다가 떨어뜨려서 소리가 나게 하였는데 소리를 듣자마자 혀가 줄어들었다. 「외형편」, '구설', 684쪽

아이를 낳을 때의 산고는 뼈마디가 무너지고 힘줄이 늘어나는 고통이다. 산모가 자기도 모르게 지르는 괴성이 그것을 나타낸다. 하지만 산후에는 산모의 몸이 자연스럽게 제자리를 잡

으니 몸의 회복력이 신비하고 고맙다.

그런데 회복하지 못하고 무너지고 늘어지는 경우도 있다. 앞의 여인처럼 혀가 늘어진 후 수축되지 않은 경우도 있나 보다. 『동의보감』에서도 이런 사례는 처음 본다. 어떻게 하면 혀를 줄어들게 할 수 있을까? 혀가 줄어드는 것은 사실 병증이다. 그러므로 줄어드는 병증을 이용해서 고칠 수 있다.

> 족궐음간경(足厥陰肝經)의 기(氣)가 끊어지면 혀가 말려들어 가서 짧아진다. 궐음(厥陰)은 간경(肝經)이다. 간은 힘줄을 주관하는데 그 경근은 생식기를 돌아 혀뿌리까지 간다. 그러므로 간기가 끊어지면 혀가 말려들고 음낭이 오그라든다.「외형편」, '구설', 684쪽

> 혀는 심의 외부기관이다. 심장에 병이 생기면 혀가 말려들어 가 짧아진다.「외형편」, '구설', 684쪽

혀가 나왔다는 것은 산모가 온몸에 힘을 주고 소리를 지르면서 혀뿌리의 힘줄이 늘어났기 때문이다. 간은 힘줄을 주관한다. 그런데 간의 경맥인 족궐음간경은 생식기를 지나 혀뿌리를 지난다. 간기가 끊어지면 혀의 힘줄이 수축되어 혀가 말려들면

서 말을 못하게 된다. 이 또한 병증이다. 하지만 이것은 평상시일 때만 병증이다. 혀가 나온 사람에게 이것을 적용하면 나온 혀가 줄어들게 되니 평상시와 같아져 치유가 된다. 병을 이용해서 병을 치료할 수가 있다. 와우! 기발하다!

그렇다면 어떻게 간기를 일시적으로 끊어 혀뿌리의 힘줄을 줄어들게 할 수 있을까? 의사가 보기에 그것은 산모를 놀라게 하는 것이다. 놀라면 힘줄은 줄어들게 마련이다.

놀람을 주관하는 것은 신장이다. 신장은 귀와 통한다. "신(腎)은 귀를 주관한다. 또한 신과 관련된 구규(九竅)는 귀이다."「외형편」, '이', 654쪽 신장 또한 경맥(족소음신경)이 혀뿌리까지 이른다. 따라서 소리로 놀라게 하면 놀람의 기운이 혀뿌리에 전해지고 혀뿌리의 간경이 수축되어 줄어든다. 그래서 의사는 일부러 질그릇을 올려놓았다가 떨어지게 했다.

그런데 왜 하필 질그릇을 떨어뜨렸을까? 질그릇은 옛날엔 집안의 필수 살림살이로 가장 귀중한 것이다. 질그릇에 장을 담그고 쌀과 음식을 담았다. 그것이 깨질 때 여자는 마음이 아프다. 마음이 상하면 혀가 오므라들며 말까지 잘 안 나온다. 너무 슬프거나 충격을 받았을 때 말이 안 나오는 경우를 우리는 경험하기도 한다.

그렇다면 아이를 낳는 모습을 취하게 한 이유는?

스토리 동의보감

『내경』에서 황제가 묻기를, "어떤 사람은 임신 9개월에 말을 못하게 되는데 이것은 무슨 병입니까?"라고 하였다. 이에 기백이 대답하기를 "자궁의 낙맥이 태아의 압박을 받아 통하지 않기 때문입니다. 즉, 자궁의 낙맥은 신에 연계되어 있는데 족소음신경(足少陰腎經)은 안으로는 신에 관통하고 위로는 설근에 이어져 있으므로 태아가 커져 자궁의 낙맥을 압박하게 되면 족소음신경에 영향을 미치어 말을 못하는 것입니다. 이것은 달리 치료할 필요 없이 10개월이 되어 분만하게 되면 자연히 회복됩니다"라고 하였다. 「잡병편」, '부인', 1674쪽

임산부의 혀가 오그라드는 것은 놀라서 심장과 신장이 상할 때뿐 아니라 태아가 커져 자궁의 낙맥이 눌렸을 때도 해당한다. 신장 경맥이 혀끝에도 이어져 있기 때문이다. 이때는 10개월이 되어 분만하면 저절로 회복된다. 그러나 아이를 낳은 후에도 혀가 풀리지 않아 말을 못한다면 거꾸로 자궁의 낙맥이 압박되도록 해주어야 한다. 그래서 산모가 아이 낳는 자세를 취하도록 했다. 그리고 놀람으로 자궁의 낙맥을 압박하였다.

혀에 주사를 붙인 것은 나쁜 피가 심장에 들어가는 것을 막기 위해서다. 혀는 심에 속한다. 「잡병편」, '부인', 677쪽 혀는 심장과 통하는데 심장에 나쁜 피가 들어가면 혀가 뻣뻣해지며 막힌다. 주

사는 나쁜 피가 심장에 들어가는 것을 막아 주는 약재다. 그래서 의사는 혀가 뻣뻣해지고 오그라들도록 처방을 하면서도 한편으로는 나쁜 피가 심장에 들어가는 것만은 막기 위해서 혀에 주사를 붙인 것이다.

이를 보면 병이나 건강은 절대적이 아니라는 걸 알 수 있다. 상황에 따라 병 자체가 약이 될 수도 있다는 걸 알게 된다. 간기가 끊어지거나 자궁의 낙맥이 수축되는 것은 혀가 늘어나지 않은 상황이라면 병증이다. 그러나 혀가 늘어난 상황에서는 오히려 약으로 작용했다. 그러니 무엇을 기준으로 하느냐에 따라 같은 증상이 병이 될 수도 있고 안 될 수도 있다. 모든 게 다 병이 될 수도 있고 아닐 수도 있다. 병과 병 아닌 것은 경계가 없다.

19
광증을 설사로 낫게 하다

어떤 사람이 양궐(陽厥)로 미쳐서 날
뛰고 욕설을 해대며 혹 노래도 부르고 혹 울기도 하는데 육맥
(六脈)이 힘이 없고, 몸의 겉면이 얼음장 같았으며, 발작할 때
면 고함을 쳤다. 『역로』(易老)에서 말하기를 "음식을 빼앗으면
낫는다"라고 하므로 음식을 주지 않고 또 대승기탕(大承氣湯)
으로 5~7차례 설사시켜서 더러운 물이 서너 말 나오게 하였더
니 몸이 따뜻해지고 맥이 살아나자 나았다. 「내경편」, '신', 292쪽

웃다가 울고 노래 부르고 욕설하고 미쳐서 날뛰는 것을 『동
의보감』에선 '광증'(狂症)이라 한다. 요즘은 이런 환자를 잘 볼

수 없는데 아마 정신병원에 격리되기 때문일 것이다. 우리가 이 병을 두려워하는 것은 언제 어디서 어떻게 증상이 일어날지 모르기 때문이기도 하지만 치료하기가 매우 어려워서이기도 하다. 환자와의 의사소통이 불가능해서다. 몸의 병이라면 환자 스스로 자신의 증상을 표현할 수 있고 노력할 수 있는 여지가 있지만 이런 경우는 그게 안 된다. 그래서 이런 증상은 몸과 관계없는 정신만의 특별한 작용이라고 생각하기도 한다.

그런데 앞의 의사는 이를 설사로 치료하고 있어 너무 의외다. 이러한 정신적인 문제가 생길 정도면 몸에서도 이에 상응하는 생리적 현상이 있다고 본 것이다. 몸과 정신을 분리하지 않고 하나로 보았다. 우선 맥을 짚어 몸이 얼음장처럼 차다는 점에 주목했다. 따뜻해야 할 몸이 이처럼 차다면 몸 안의 열이 뭉쳐서 밖으로 순환되지 못한다는 뜻이다. 열은 음양으로 볼 때 양(陽)에 속한다. 안으로 양이 몰려 양기가 지나치게 세졌다. 양기는 음기로 변하고 음기는 양기로 변하면서 몸 안팎으로 순환되어야 안팎이 따뜻한 법인데 양기가 안에서 뭉쳐져 밖으로 나오지 못하니 겉은 차고 안에선 답답하여 화가 나는 것이다. 이처럼 양기가 지나치게 세어져 겉이 차게 되는 것을 '양궐'(陽厥)이라 한다. 이 환자에게 음식을 주지 않는 것도 음식이 양기를 도와주기 때문이다. 음식을 먹으면 힘이 세어져 더 날뛸 수 있다.

그렇다면 이 사람은 왜 양기가 성해졌을까? 이야기에는 그 형편과 사정은 안 나왔지만 『동의보감』에선 감정을 지나치게 썼을 때 양기, 즉 화(火)가 성해진다고 본다.

하간(河間)이 말하기를 "오지(五志)의 지나침이 심하면 모두 화(火)가 된다. 대개 기(氣)는 양(陽)으로서 경미한 것의 변화를 주관하는바 여러 가지 마음이 동요되어 어지럽고 과로하여 몸을 상하는 것 등은 다 양이 화로 변한 것이니 정신이 미치고 기가 혼란하여 열병을 앓게 되는 경우가 많다"라고 하였다.「잡병편」, '신', 295쪽

'오지'란 다섯 가지의 감정이다. 성내고 기쁘고 생각하고 슬프고 무서워하는 것. 이 감정을 지나치게 썼을 경우는 다 화, 즉 열(熱)로 바뀐다. 열이 심해지면 우리 몸은 어떻게 될까? 열이 많을수록 우리 몸속의 진액, 즉 수분을 빼앗아서 진액이 뭉쳐져 덩어리들이 생기게 된다. 이를 '담'(痰)이라 한다. 또한 대변의 수분도 빼앗겨 딱딱해져 나오지 못한다. 이 덩어리들에 막혀 몸의 기혈이 순환되지 않으니 가슴이 그득하고 답답해서 심화가 차올라 욕설이 나오고 고함치고 울었다 웃었다 어쩔 줄 모르는 것이다. 화병 혹은 열병이라고 할 수도 있다. 더 심해지면 '옷을 벗고

달리고 담장을 뛰어 넘으며 지붕에 올라가기도 한다'. 더욱 심하면 '머리를 풀어헤치고 고함을 지르며 물불을 가리지 못하고 심지어는 사람을 죽이려고 하는데 이것은 담화(痰火)가 몹시 맺혔기 때문이다'.「내경편」,'신', 289쪽 '십병구담'(十病九痰)이라는 말이 있듯 병의 열의 아홉은 담으로 인해서다.

그래서 의사는 설사를 시킨 것이다. 굳은 대변과 담음(痰飮)들이 모두 쏟아지도록. 서너 말이나 나왔으니 몸이 개운해졌을 것 같다. 우리도 일상에서 하루이틀만 변을 보지 못해도 온갖 짜증이 올라온다. 또 그 불쾌한 감정이 쌓이다 보면 화로 변하여 담은 생겨난다. 어느 게 먼저이고 나중인지 알지 못하게 악순환에 접어들게 되면 심한 경우 이러한 광증까지 갈 수 있다.

그러므로 화가 성해지지 않도록 감정을 지나치게 쓰지 않는 게 중요하다. 기쁨조차도 많이 쓰면 화로 변한다. 기뻐서 많이 웃거나 말하고 나면 가슴이 벌렁거리고 기가 위로 뜨게 되는 걸 느끼지 않는가. 심하면 죽기도 한다. 오래전 일이지만 한일전 축구를 보다가 우리가 승리했을 때 기쁨에 겨워 죽은 사람이 있었다. 하물며 슬픔이나 분노, 원한 같은 감정이야 어떻겠는가. 대부분은 이 분노를 다스리지 못해 병이 된다.

화의 기운은 계절로 치면 여름의 기운이다. 여름만 계속된다고 생각해 보라. 아마 지구는 열기로 폭발하게 될 것이다. 가을이 되어 열이 빠지고 서늘해지면서 시들고 떨어지고 해야 열 매도 맺게 되고 영글어 간다. 여름에서 가을로 감정을 변화시킬 수 있어야 생명은 살 수 있다. 우리의 시대가 왜 이렇게 끊임없이 화(火)를 태우고 있는지 생각해 볼 일이다.

20
정(精)과 성(性)

어떤 사람이 나이 60 가까이 되었는데, 한여름에 체하(滯下, 이질痢疾)를 앓으면서도 방사(房事)를 하였다. 어느 날 저녁 때 변소에 갔다가 갑자기 두 손을 늘어뜨리고 두 눈을 뜨고 있으면서도 안광(眼光)이 없으며 오줌이 저절로 나오고 땀은 비오듯하며 목구멍에서 가래 끓는 소리가 톱질하듯이 나고 호흡은 몹시 미약하며 맥이 대(大)하면서도 차례가 없어 매우 위급하였다. 그래서 급히 인삼을 진하게 달여 먹이고 기해혈(氣海穴)에 뜸을 18장 떠 주었더니 오른손을 움직였다. 또 3장을 떠주니 입술이 조금 움직였다. 이어서 인삼 달인 물을 3잔까지 먹였더니 밤중이 되어서 안구가 움직였다. 인삼을 2근까지 먹이니 말을 하고 죽을 찾았다. 5근까지 먹이니 이질이 멎었고 10근을 먹였더니 안정되었다. 「잡병편」 '허로', 1247쪽

한 20년도 더 전에, 내가 아직 중년이었을 때였던 것 같다. 주부들을 대상으로 하는 아침 TV프로그램에서 어느 비뇨기과 의사가 노년의 성생활과 건강에 대해 강의를 하고 있었다. 요지는 노년까지도 적당한 성생활을 해야 건강에도 좋고 부부의 정도 유지할 수 있다는 것이었다. 너무 오래전 일이라 그 세세한 내용은 잊었지만 요지만은 선명하게 기억에 남는다. 성에 대해서 전문가의 견해를 들은 것은 그때가 처음이라서 더 그런지도 모르겠다. 그저 그렇겠거니 하며 그것만을 정답으로 알고 있었다. 대부분의 사람들이 나처럼 알고 있지 않을까?

그런데 『동의보감』을 보면 중년·노년까지도 성생활을 하는 건 죽음을 재촉하는 일이라며 조심할 것을 여러 번 반복해서 경고하고 있다. 젊었을 때마저도 "아이를 만드는 데도 오히려 아껴야 할 것을, 하물며 공연히 버릴쏜가"라며 조심하라고 경계한다. 아이를 만드는 데마저도 아끼라니? 표현이 너무 노골적이고 강조하는 강도가 너무 세어서 놀라게 된다. 부득이 아이 만들 때가 아니면 젊은이조차도 절제하라는 말 아닌가? 동서양의 견해가

너무 다르다.

『동의보감』은 성을 어떻게 보길래 이처럼 젊은 시절부터 성을 경계시키는 걸까? 『동의보감』에선 몸의 근본을 이루는 것을 '정'(精)으로 본다. 한자의 부수에 보이듯 그것은 곡식에서 얻어지는 물질적 에너지다. "정은 몸의 근본이 된다. (……) 오곡의 진액이 화합하여 지고(脂膏)가 되는데, 이것이 속으로 들어가서는 뼛속에 스며들고 위로 올라가서는 뇌수(腦髓)를 보익(補益)해 주며 아래로 내려가서는 음부에 흘러든다."「내경편」, '정', 230쪽 오곡의 정미로운 물질인 진액들이 합해져서 뼛속 골수와 뇌수를 이루고 생식기 안을 채우고 있다는 것. 이 중에서도 음부인 생식기 안으로 흘러든 정, 더 구체적으로 말하면 남자의 경우 정액이 문제가 된다. 이를 허비할 수 있기 때문이다.

남자가 이 정액을 얼마나 보유하고 있는지 『동의보감』은 자세하게 알려 준다. "사람의 정은 가장 귀중하면서 양이 아주 적다. 사람 몸에는 정이 보통 1되 6홉이 있는데 이것은 남자가 16세경 아직 정액을 내보내기 전의 수량으로 무게는 1근이 된다. 정액이 쌓여서 그득차게 되면 3되에 이르지만 허손되거나 내보내서 줄어들면 1되도 못된다. (……) 한 번 교합하면 반 홉가량 잃는바 잃기만 하고 보태 주지 않으면 정이 고갈되고 몸이 피곤해진다."「내경편」, '신', 230쪽

이처럼 숫자로 양과 무게, 잃어버리는 양까지 자세하게 알려 주는 것은 헛되이 쓰지 말고 잘 간수하라는 뜻이다. 그래야 오래 살 수 있다. 그러지 못했을 때 온갖 병이 벌떼처럼 일어난다고 하며 그 처참한 병들을 또 자세히 알려 준다. 앞의 사례도 그중 하나이다. 특히 60세 가까운 사람이 그것도 이질을 앓으면서 방사를 했으니 눈, 땀구멍, 목구멍 등 구규(九竅)의 진액이 모두 말라 버려 극도로 허약해진 상태이다.

남자들은 정액을 가졌기 때문에 이 양기(陽氣)를 쓰고 싶은 욕망을 가질 수밖에 없다. 그것은 생명의 원천이고 몸의 근본이기 때문이다. 그러나 동시에 똑같은 이유 때문에 그 욕망을 절제하지 않으면 안 된다. 소중히 간직하지 않으면 건강한 생명을 태어나게 할 수 없다. 그래서 절제하게 하기 위하여 병으로 방어벽을 치고 있는 건지도 모른다. 인류가 후손들을 계속 생산하면서 생명을 이어 가기 위한 전략일 수도 있다.

따라서 이 욕망을 어떻게 다스리느냐가 남자들의 몸과 인생을 좌우해 왔다. 요즘 뉴스에서 사회 지도급 인사들이 성 스캔들로 도중하차하는 것을 자주 보게 된다. 뉴스에서는 몸이나 건강의 문제로 보고 있지는 않지만 이미 그 나이에 이런 문제를 일으키는 것은 정신을 집중하여 사회적인 일을 해결하는 힘을 잃은 것으로 볼 수 있다. 동양에선 예로부터 치국, 평천하의 조건으로 우선 수신을 꼽았는데 여기엔 정액을 갈무리하는 것도 포함되었으리라 본다. 그렇지 않고서는 정신의 수양이라는 것이 아예 불가하다. 고대 그리스에서도 정치하는 귀족들 사이에서는 자기 양생을 하지 못하는 사람을 경시하고 정치 지도자로서 자격 미달로 보았다고 한다.

『동의보감』에서는 서두인 「내경편」의 '신형', '정', '기', '신'에서부터 뒤의 「잡병편」에 이르기까지 시종일관 이 욕망의 절제를 강조하고 있다. 이것만 해결되면 다 된다는 듯이. 모든 병에 성이 관련되지 않은 경우는 거의 없다. 이 방대한 분량 중에서 딱 하나만 중요한 것을 꼽으라면 이것이라고 말하고 싶을 정도다. 『동의보감』이 인용하고 있는 수많은 문헌들은 다 남자들이 쓴 의서들이다. 남자들 스스로가 이렇게 썼다는 것은 스스로가 자신의 문제들을 정확히 알았다는 뜻.

그들은 구체적인 해결 테크닉까지도 내놓고 있다. "정(精)을 단련하는 비결은 반드시 자시(子時: 밤 11시~1시)에 이불을 젖히고 일어나 앉아서 두 손을 마주하여 뜨겁게 비벼서 한 손으로 외신(外腎: 생식기)을 감싸쥐고, 한 손으로는 배꼽을 덮은 다음 정신을 내신(內腎: 신장)에 집중시킨다. 오랫동안 계속하여 연습하면 정이 왕성해진다."「내경편」 '정', 234쪽 정액을 관장하는 신체의 기관은 신장이다. 자시에 일어나 앉아 자신의 내외 생식기를 다스리는 일. 결코 쉽지는 않을 것 같다. 그래서 정을 굳건히 지키고 헛되이 쓰지 않는 것을 '성인들이 지킨 도'「내경편」,'정', 232쪽라고 했나 보다.

이렇게 절제를 강조함과 동시에 『동의보감』은 정을 얻는 방법도 알려 준다. 이는 음식으로 가능하다. 정(精)의 부수가 쌀 미(米)였던 것을 기억하면 된다. 쌀의 특징은 맛으로 나타난다. 바로 담담한 맛. 달고 향기로운 맛을 가진 음식은 정을 생기게 할 수 없고 오직 담담한 맛을 가진 음식물이라야 정을 보할 수 있다고 한다. 담담한 맛의 곡식을 주로 먹어야 마음도 몸도 그렇게 된다는 것. 곡식이 바로 정의 보고다. 특히 죽이나 밥이 거의 끓어 갈 무렵에 가운데에 걸쭉하게 모이는 밥물을 최고로 친다. 특별한 보양식을 찾아 나서는 사람들은 실망할지도 모르겠다.

『동의보감』은 정에 관해서 이처럼 유독 구체적이다. 얼마나 우리에게 그 중요함을 알리려 애쓰는지 허준의 마음이 전해져 온다. 요즘 연일 터지는 성에 관련된 사고들이 육식과 단것과 자극적인 음식을 좋아하는 우리들 식생활과도 관련되지 않나 생각해 보게 된다.

21

자궁의 혈을 순환시켜라

송(宋)나라 저징(褚澄)이 여승과 과부
를 치료할 때는 처방을 달리하였다. 대개 그렇게 한 데는 그럴
만한 이유가 있는 것이니, 이 두 부류의 여자들은 혼자 살기
때문에 음(陰)만 있고 양(陽)은 없으며, 성욕은 있으나 흔히 뜻
대로 풀지 못하는 관계로 몸에 있는 음기와 양기가 서로 다투
기 때문에 잠깐 추웠다 잠깐 열이 났다 하는 것이 온학(溫瘧)과
같은데, 이것이 오래되면 허로(虛勞)가 된다.

『사기』(史記)「창공열전」(倉公列傳)에
"제북왕(濟北王)의 시중을 들던 궁녀 한씨(韓氏)가 허리와 등이
아프고 오한과 신열이 났다. 그래서 여러 의원들은 이것을 한
열병(寒熱病)이라고 여겼다. 그러나 창공(倉公)은 말하기를, 이

스토리 동의보감

병은 남자를 얻고자 하나 얻을 수 없어서 생긴 병이다. 그것을 어떻게 알 수 있는가 하면, 그 맥을 짚어 보니 간맥(肝脈)이 촌구(寸口)에 현(弦)하게 나타나고 있는 것으로써 알 수 있다"라는 것이 실려 있다. 대체로 남자는 정(情)을 위주로 하고, 여자는 혈(血)을 위주로 한다. 남자는 정기(精氣)가 왕성해지면 부인을 맞아들이고 싶어하고, 여자는 혈이 왕성해지면 아이를 낳고 싶어한다. 만약 족궐음간경맥(足厥陰肝經脈)이 촌구에 현하게 나타나고 또한 어제(魚際)까지 올라간다면 음(陰)이 성하다는 것을 알 수 있다. 그러므로 저씨(褚氏, 저징)의 말이 까닭이 있다는 것을 알 수 있다.「잡병편」, '부인', 1692쪽

『동의보감』은 여성만의 병을 특별히 언급하는 문(門)을 따로 두고 있다. 바로 「잡병편」의 '부인'이다. 이는 여자에게는 임신과 해산에 관련된 병들과 붕루(崩漏) 등 남자와 다른 병들이 있기 때문이다. '부인'에서는 임신과 출산이 우주 자연과 어떤 관계인가를 설명하고 임신과 출산의 과정, 조심해야 할 점, 안전한 방법과 그와 관련된 병과 치료법을 언급하고 있다. 그리고 다시 여승과 과부, 궁녀의 병을 따로 한 항목으로 정하여 언급하고 있다. 이들은 남자와 혼인관계에 있는 일반 보통의 여성들과는 증상이 달라서다. 그녀들은 왜 보통의 여성과는 다른 특별한 증

상에 시달렸을까?

의원은 환자가 젊은 궁녀라는 점과 간경맥의 이상, 더웠다 추웠다 하며 허리와 등이 아픈 증상을 연결시켰다. 젊은 여자가 허리와 등이 아플 때는 신장에 문제가 있을 때다. 신장은 허리 뒤 등뼈에 붙어 있다. 여자에게 있어서 신장은 자궁의 낙맥과 연결되어 있다. '자궁의 낙맥이 신에 연결되어 있어, 몸이 차지면 피가 유통되지 못하고 자궁의 낙맥이 막히게 되고 월경이 통하지 않게 되며, 따라서 신장이 원활하지 못하게 된다.'_{사마천, 「편작창공열전」, 「사기」 까치, 712쪽의 주167} 그러니까 이것은 자궁에 문제가 있다는 신호. 여자에게 몸의 이상은 반드시 월경으로 나타난다. '몸속이 차져서 월경이 통하지 않는 것'_{사마천, 「편작창공열전」, 「사기」 712쪽}이라고 창공은 말한다.

간경맥은 음의 경맥이다. 그리고 간은 용기를 주관한다. 여성은 '음기의 결집체'이다. 간경맥에 이상이 생겼다면 이 궁녀는 무엇을 용기있게 하지 못했을까? 창공의 말대로 남자를 얻고자 하나 못했다. 궁녀라는 신분 때문이다. 촌구맥이 활시위같이 팽팽한(弦) 것은 "간기(肝氣)가 맺히고 신(腎)에서 나오는 열이 왕성한 맥으로서, 마음속에 감추어진 일이 있으나 그것을 오랫동안 이루지 못하였을 때 생긴다"._{위의 책, 712쪽, 주167} 짝을 찾고 싶은 성적 욕구를 오래 참다 보니 생긴 병이라는 것. 남녀가 음양의

조화를 이루지 못하니 기운이 화평하지 못하고 더웠다 추웠다
하는 것이다. 그러고 보니 옛날 어른들이 젊은 여자들이 아프면
'시집가면 낫는다' 혹은 '시집가서 애 하나 낳으면 낫는다'라고
했었는데 그와 똑같은 말이 아닌가? 그렇다면 남녀가 짝을 찾아
몸을 섞는 것은 자연스런 이치이다. 하늘이 내린 본성이다. 『동
의보감』에선 그 나이까지 정확하게 알려 주고 있다.

여자는 7세가 되면 신기(腎氣)가 차오르기 시작하여 유치(幼齒)
를 갈고 머리털도 길게 자랍니다. 14세가 되면 천계(天癸)가 이
르러 임맥(任脈)이 통하여 태충맥(太衝脈)이 성해져서 월경이
때에 맞추어 나오기 때문에 아이를 낳을 수 있습니다.
남자는 8세가 되면 신기가 차오르기 시작하여 머리털이 길게
자라고 유치도 갈게 됩니다. 16세가 되면 신기가 왕성해지고
천계가 이르러 정기(精氣)가 넘치고 사정할 수 있으므로 남녀
가 교합하면 아이를 낳을 수 있습니다. 「내경편」, '신형', 203쪽

남자는 양(陽)이고 여자는 음(陰)이며 남자는 정(精), 여자
는 혈(血)이 충실하다. 여자는 7세를 기준으로, 남자는 8세를 기
준으로 몸이 변해 간다. 여자와 남자 모두 두번째 주기인 14세와
16세가 되면 교합할 수 있는 신체가 된다는 것. 말 그대로 이팔

청춘의 나이다. 그때 여자는 임맥과 충맥이 충실해진다. 임맥과 충맥은 우리가 흔히 자궁이라고 부르는 포(胞)에서 출발하여 위로 순행하는데 모든 경맥과 혈이 모여드는 곳이다. 이 임맥과 충맥이 서로 의지하여 포에서 월경을 하고 교합이 이루어지며 자식을 가질 수 있다. 음양의 조화이고 정과 혈의 결합이다. 이는 하늘로부터 온다고 하여 천계(天癸)라고 이름한다. 우주 자연의 리듬인 것이다. 하늘이 내린 본성이다. 이 리듬을 어겼을 경우 앞의 궁녀처럼 여성들은 여러 증상에 시달린다.

그래서 옛날에는 이팔청춘에 혼인하는 것이 당연했다. 춘향이와 이도령이 그 나이에 신방을 차리는 게 조금도 이상하지 않았다. 나이 스무 살이 넘어서까지 딸을 시집보내지 못하면 집안의 우환이었고 가장은 나라에서 죄로 다스렸다고까지 하니 옛사람들이 얼마나 음양의 조화를 중히 여겼으며 하늘의 이치에 순응하려 했는지를 알 수 있다.

그러나 요즘은 이팔청춘은 청춘이 아니라 어린 나이다. 중고등학생 정도가 아닌가. 요즘엔 30대 초반도 아직 기반을 못 잡았다며 이른 나이로 보고 결혼이 마흔에 임박하는 경우가 많다. 아니 결혼에 무심한 젊은이들도 많다. 그러다 보니 요즘 젊은 여성들은 여기저기 소소한 병들을 달고 사는 경우가 많다. 우선 몸이 차다. 여름에도 춥다며 종아리에 토시를 하고 약간의 찬바람도 이겨 내지 못한다. 불안해하고 신경질을 부리며 여러 통증에 시달린다.

나의 세대만 해도 기반 같은 것은 생각하지 못한 채로 덥석 결혼부터 했다. 기반은 결혼 후에 마련하는 걸로 알았다. 아이 낳고 키우느라 아플 사이도 없었다. 아픈 건 한참 나이 든 뒤의 일로 생각했다. 요즘은 결혼은 이룰 것을 이루고 경제적으로 안정이 되어야 한다는 전제 때문에 늦어지는 것이 아닌가 한다.

『동의보감』에선 여성들이 앓는 병의 근본을 따져 보면 "혈병 아닌 것이 없다"「잡병편」 '부인', 1694쪽고 한다. 남녀의 교합이나 출산을 통해 자궁의 혈을 순환시키지 못할 때 병이 생긴다고 본다. 그러다 보니 옛날 여승과 과부, 궁녀처럼 특별한 처지에 있던 여성의 어려움을 지금은 대부분의 젊은 여성이 겪고 있다. 어떻게 이 어려움을 뚫고 내 몸을 내가 주도할지 고심해 보아야 한다.

22

약의 탄생, 약의 서사

하수오(何首烏): 원래 이름은 야교등
(夜交藤)인데 하수오라는 사람이 먹고 큰 효과를 본 데서 하수
오라는 이름을 붙이게 되었다. 이 사람은 원래 몸이 약하였고
늙어서도 아내나 자식이 없었다. 하루는 취해서 밭에 누워 있
는데, 한 덩굴에 두 줄기가 따로 난 풀의 싹과 덩굴이 서너 번
서로 감겼다 풀렸다 하는 것이 보였다. 마음에 이상하게 생각
되어 마침내 그 뿌리를 캐어 햇빛에 말려 짓찧은 다음 가루 내
어 술에 타서 7일 동안 먹었더니 성욕이 생기고 백 일이 지나
서는 오랜 병들이 다 나았다. 10년 후에는 여러 명의 아들을
낳았고 130살이나 살았다. 「탕액편」, '초부', 2067쪽

약이 어떻게 태어나는가를 보면 약은 본래 따로 없었다는 생각이 든다. 하수오도 원래 이름은 야교등이다. 이 풀이 밤에 활동하는 것을 누군가 관찰했을 것이다. 그래서 야교등이란 이름을 붙였을 게다. 하지만 아직 약은 아니었다. 야교등을 약으로 쓴 사람이 없기 때문이다.

어느 날 하수오라는 남자가 술에 취해 밤에 풀밭에 누웠던 모양이다. 몸이 약하여 아내를 맞이할 여력도 없이 쓸쓸히 늙어가던 이 남자. 밤에 술 몇 잔 걸치고 딱히 갈 데도 없어 벌렁 풀밭에 드러누워 한잠 잤을지도 모르겠다. 깨어서 물끄러미 어떤 풀, 야교등을 바라보게 되었다. 아주 우연히. 그런데 이 풀이 움직이는 게 아닌가! 잎과 줄기가 엉겼다 풀렸다를 반복하면서 말이다. 마치 남녀가 교합을 하듯이. 더구나 잎은 반드시 한 줄기에서 쌍으로 나 있다. 남녀 한 쌍처럼. 마침내 하수오의 기분이 이상해졌으리라.^^

아들을 여럿이나 낳고 130세까지 살았다 하니 이 풀 약효가 대단하다. 그리고 드디어 약으로 탄생했다. 그리고 이젠 야교등이 아닌 '하수오'로 불려지게 된다. 약으로서의 이름을 얻은 것이다. 이처럼 약은 처음에는 어떤 서사와 함께 탄생한다. 그것도 우연히, 또 아주 가까이에서. 모든 약은 병 가까이 있다는 말이 있는데 정말 그런가 보다. 우리가 병이 있는데도 그에 대응하는 약을 발견하지 못하고 있다면 가까이 있는 친숙한 것을 관찰하지 못하기 때문이고 우연한 서사를 만들어 내는 인연에 아직 닿지 않았기 때문인지도 모른다.

그렇다면 무조건 먹어 보고 실험해 보면 될까? 하수오처럼 늘 행운을 만나는 건 아니다. 독을 만나는 경우도 없지 않다.

지장(地漿 : 누런 흙물): 성질은 차고, 독은 없다. 중독되어 답답하고 괴로운 것을 풀어 준다. 또한 여러 가지 중독을 풀어 준다. 산에는 독버섯이 있는데 이것을 모르고 삶아 먹으면 반드시 죽는다. 또한 단풍나무 버섯을 먹으면 계속 웃다가 역시 죽는데 이런 때는 오직 지장수를 마셔야 낫지 다른 약으로는 구할 수 없다. 「탕액편」, '수부', 1834쪽

야외에 나갔을 때 이런 변을 당할 수 있다. 모처럼 소풍을 와서 버너에 불을 피우고 보글보글 찌개를 끓일 때 우리를 유혹하는 소보록한 버섯. 독이 있으리라고는 생각하지 못할 만큼 다소곳하다. 하지만 독이 있어 죽기도 하는 경우를 뉴스를 통해서 보곤 한다. 옛날도 그런 일이 있었던 모양이다. 더 희한한 건 버섯을 먹고 웃다가 죽을 수도 있다니. 참 세상엔 별의별 병이 다 있다. 그런데 이때도 약이 있다는 게 또 신기하다. 역시 가장 가

까운 곳에 있다. 바로 길옆의 누런 흙탕물. 지장수다.

병은 희한한데 약은 너무 평범해서 '정말?' 하고 의심이 들었는데 실제로 『대동야승』(大東野乘)이라는 문헌에 이 사례가 나오는 걸 보고 놀랐다. 『동의보감』을 다시 한번 더 신뢰하게 된다. "유월 유둣날, 부녀자들이 단속사로 떼 지어 물 맞으러 갔다가 점심이 되어 밥을 지었는데 누군가가 따 온 버섯으로 국을 함께 끓여 먹었습니다. 식사를 마치자 모두들 웃음이 나기 시작하는데 게걸게걸 웃다가 부둥켜안고 뒹굴면서 웃고, 온종일 웃음이 멎지 않았습니다." 전창선·어윤형, 『음양이 뭐지?』, 1994, 세기, 178쪽에서 재인용 이걸 보고 치유의 매니저로 나선 사람은 이 절의 노승이다. 그는 단풍나무 고목에서 돋아난 버섯을 먹은 게 분명하다며 약을 지어 주었는데 그걸 먹자마자 아낙들은 웃음을 그쳤다. 그 약은 바로 비온 뒤의 산길 발자국에 고인 흙탕물을 달인 것이었다. 노승은 "이 산에서 병을 얻었다면 그 병을 낫게 하는 약도 반드시 이 산의 어딘가에 있다는 것이 천지 조화의 섭리"라고 말했다. 병과 약은 반드시 공존한다는 것. 그리고 천지만물이 다 약이라는 뜻이다. 웃음을 끊임없이 나오게 한 것으로 보아 버섯은 밖으로 나온 양기(陽氣)로 볼 수 있다. 계속 웃는다는 것은 몸이 양기에 치우친 것이다. 그렇다면 이 산 어딘가에 음기(陰氣)가 있고 그것이 바로 약이라는 것이다. 노승은 비온 뒤의 물을 음기로 보았다. 병이 양기일 때 약은 음기이고 병이 음기일 때는 양기가 약이 된다. 음양은 공존한다는 원리를 응용하여 음양의 조화를 처방으로 삼았다.

천지만물이 다 약이지만 나와 인연이 닿지 않으면 아직 약이 아니다. 그래서 인연을 만들어 주는 서사가 중요하고 그 서사를 만들어 주는 매니저가 소중하다. 이 경우엔 하수오와 달리 노승이 약의 탄생을 도와주는 매니저 역할을 했다. 하수오의 매니저는 술인 셈이다. 요즘은 인터넷도 매니저 역할을 해주는 시대가 되었다.

내가 이사 와서 사는 집 바로 맞은편에는 한 그루의 멀구슬나무가 있다. 제주에서는 어딜 가나 볼 수 있는 흔한 나무다. 우리 마을의 한가운데 자리잡아 여름이면 노인들이 앉아 소일하는 장소다. 나는 어릴 때 무료하면 자주 우리 동네 멀구슬나무에 올라갔었고 가을이면 누렇게 익은 구슬 같은 열매를 따먹어도 보았는데 들큰하여 별로 맛이 없었다. 그래선지 이사 와서도 이 나무에 별 관심이 없었다. 바람이 불면 이파리가 온통 우리 돌담으로 밀려와 궁시렁거리며 쓸긴 하지만 그래도 울창하여 바라보기 좋았을 뿐이다.

그런데 이 나무 열매가 약재라는 걸 최근에 알았다. 나는 사주에 화 기운이 많고 일간도 병화여서 열이 뜨는 편이다. 포도주

한잔 정도에도 당장 피부가 건조해진다. 심할 땐 두피에 딱지가 앉기도 한다. 그런데 우연히 네이버에서 이 나무를 보았다. 열매 달인 물이 두피에 좋다고 한다. 얼른 『동의보감』을 보니 모든 충(蟲)을 죽이고 대장의 기능을 원활하게 한다고 나와 있다. 바로 내 집 앞에 있는 나무의 열매가 약이라고? 며칠 전 폭설에도 별로 떨어지지 않고 찌락찌락 풍성하게 매달려 있는 염주 같은 열매들. 막바로 한 됫박 주워다가 사나흘 말린 뒤 달여 어제 처음으로 머리를 감았다. 아직 효능은 잘 모르겠지만 나도 하수오처럼 갖출 것은 다 갖추었다. 바로 가까이 있고, 우연히 발견했고, 인터넷과 『동의보감』, 매니저를 둘이나 만났고, 자주 나뭇잎을 쓸고, 거의 매일 나무 아래를 지나고 있으니 이게 바로 서사가 아닌가.^^

이제 하수오처럼 오래 복용하고 기다릴 일만 남았다. 하수오도 10년 넘어 아들을 낳았다지 않는가? 물론 일주일 만에 효능이 나타난다면야 행운이겠고. 멀구슬나무의 열매가 나의 약으로 탄생되기를 기다려 보겠다.

23
신(神)과 함께

어떤 선비가 책 읽기를 너무 좋아하여 밥을 먹는 것마저 잊어버리곤 하였는데 하루는 자줏빛 옷을 입은 사람이 앞에 나타나서 "공은 너무 사색하지 마시오. 그렇게 지나치게 사색한다면 내가 죽소"라고 하였다. 선비가 웬 사람인가 하고 물었더니 말하기를 "나는 곡신(穀神)이오"라고 하였다. 그래서 사색하던 것을 그만두고 음식을 이전과 같이 먹었다고 한다. 「내경편」 '신', 271쪽

무석(無錫) 지방 유씨(遊氏)의 아들이 주색에 빠진 탓으로 병을 얻었는데 항상 두 여자가 의복을 곱게 차려입고 하늘하늘 허리까지 올라와 사라지곤 했다. 이에

스토리 동의보감

의원이 말하기를 "이것은 신(腎)의 신(神)인데 신기(腎氣)가 끊어지면 신(神)이 제자리를 지키고 있을 수가 없기 때문에 밖으로 나타나는 것이다"라고 하였다.「내경편」, '신', 271쪽

신(神)이라 하면 우리는 보통 물질을 초월한 유일신이나 초인적인 존재를 떠올린다. 몸 밖의 존재로 생각한다. 하지만『동의보감』의 신(神)은 정(精), 기(氣)와 더불어 언급되며 그 관계에서 발생하는 의미로 쓰인다. '정'·'기'·'신'은 '신형'(身形)과 함께『동의보감』의 서두에 배치되어 이것이 우주와 생명의 원천임을 알려 준다. 정(精)은 오곡의 정미로운 기운으로 우리 몸의 골수와 뇌, 정액을 만드는 물질적 토대이다. 정에서 힘이 생기는데 이는 마치 물길처럼 우리 몸에서 길을 내며 흐른다. 배가 고프면 힘이 없다가 밥을 먹으면 몸에 기운이 퍼져 나가는 걸 느낄 수 있는데 이게 '기'(氣)이다. 기는 일정한 방향으로 운동을 하게 마련. 우리는 이 힘으로 책을 읽거나 명상을 하거나 어딘가를 가거나 등등 온갖 활동을 한다. 이를 신(神)이라 한다.

때로는 이 셋을 통틀어 '기'(氣)라고도 한다. 태초에 우주는 어떤 에너지, 즉 기로 가득하고 그 기가 이합집산하면서 물질인 정도 만들어졌다고 보기 때문이다. 정·기·신도 이 기에서 만들어졌다. 셋은 서로가 서로의 근거가 되면서 영향을 주고받는 관

계이다.

또 정·기·신을 줄여서 말할 때는 두 개씩 짝지어서 '정기'라고도 하고 '정신'이라고도 한다. '백두산의 정기를 받아 컸다'거나 '정신 차려'라는 말을 우리는 쓴다. 한의학에서 신은 '정신'의 의미로 쓴다. 몸이라는 물질, 즉 정에 깃든 기의 활동이다. 이처럼 신은 몸을 떠나서 있을 수 없기 때문에 『동의보감』에선 신이 우리 몸속에 산다고 한다. 특히 오장육부의 신을 의인화시켜서 이름과 자(字), 입은 옷까지 나타냈다.

> 『황정경』(黃庭經)에서는 "간(肝)에 깃든 신은 용연(龍煙)이라 하는데 자는 함명(含明)이다. 키는 7촌이고 푸른 비단옷을 입었는데 봉황무늬의 옥방울이 달려 있고 형상은 매달린 박과 같으며 빛깔은 청자색이다(……)"라고 하였다. '신', 「내경편」 270쪽

『황정경』은 도가의 경전이다. 도가에서는 간은 방향으로는 동쪽, 색은 푸른색, 동물로는 용을 상징한다고 본다. 그래서 간신(肝神)의 모습을 이처럼 그려 냈다. 이런 식으로 심신(心神), 비신(脾神), 폐신(肺神), 신신(腎神)이 우리 몸에서 활동하고 있다니 재미있다. 우리가 살 수 있는 것은 다 이런 신들의 활약 덕분이다. 이를 『동의보감』에선 '신은 일신을 주재한다'라고 한다. '신

스토리 동의보감

은 음과 양에 모두 통하면서 섬세한 것까지 살피되 문란한 바가 없다.'

신은 오장육부뿐 아니라 니환(泥丸)과 뼈마디에도 있다. '신의 이름은 아주 많아서 이루 다 열거할 수 없다.' 몸 밖에는 1만 8천 양신(陽神)이 있고 몸 안에도 1만 8천 음신(陰神)이 있다. 이 외에도 수많은 신이 있는데 그 가명(假名)과 이자(異字)를 이루 헤아리기 어렵다 한다. 와우! 이렇게 많은 신이 우리 몸 안에서 우리를 지켜 주고 있었다니! 문득 우리 몸의 세포가 50조 개라는 사실이 오버랩된다. 그 하나하나의 세포는 모두 개별 생명체이다. 그들은 모두 나름의 활동을 하고 있다. 50조 개라는 어마어마하게 많은 그들이 모여서 우리 한 사람의 몸을 이루고 있다. 우리 몸은 그들의 공동체인 셈이다. "스스로가 하나의 개체라고 생각하겠지만 (……) 사람은 사실상 숫자가 50조에 이르는 단세포 시민들로 구성된 상호협력 공동체이다."브루스 H 립턴, 『당신의 주인은 DNA가 아니다: 마음과 환경이 몸과 운명을 바꾼다』 이창희 옮김, 두레, 2014, 27쪽 『동의보감』에서 말하는 신이 이 무수한 세포 하나하나까지 포함한다 해도 과언이 아니라는 생각이 든다. 그래서 어려움이 있어도 우리는 이렇게 살 수 있나 보다. 그들이 모두 협력해 주고 있으니. 마음이 뿌듯하고 든든해진다.

그렇다면 어떻게 신을 만날 수 있을까? 우리를 위해 동분서

주하는 신들을 느껴 볼 수 있을까? 신과 하나가 되어 리듬을 맞출 수 있다면 그게 건강일 것이다.

이러한 많은 신을 총괄, 지휘하는 곳은 심(心)이다. 심장이요, 마음이다. 심은 일신의 군주로서 모든 신이 그의 명령을 따른다. 그러므로 '허령(虛靈)한 지각(知覺)을 지니고 천변만화할 수 있는 것이다'. 하지만 우리는 보통 이 사실을 못 느끼며 산다. 칠정과 오욕에 휘둘리기 때문이다. 그래서 마음을 고요히 하면 신과 만날 수 있다고 한다. 내 마음 작용을 볼 수 있다는 것.

그런데 뜻하지 않게 신을 만나게 될 때가 있다. 바로 아팠을 때. 앞의 책 읽기 좋아하는 선비가 바로 이런 경우다. 내가 아프면 신도 아프다. 신은 살기 위해 밖으로 나와 자신을 살려 달라고 한다. 밥을 안 먹으면 너만 죽는 게 아니라 나도 죽으니 밥을 먹어 달라고. 생각을 많이 해서 밥을 못 먹으니 생각을 덜 하라고. 이 신은 틀림없이 곡신이면서 비신(脾神)일 것이다. 생각을 주관하는 것은 비장이기 때문이다. 무석 지방 유씨의 아들은 주색에 빠졌다. 주색에 빠지면 정(精)을 소모하게 되는데 정은 신장에 저장된다. 그러므로 이때는 신신(腎神)이 나타났다. 그들은 자신을 살려 달라고 하지만 동시에 우리를 살려 주기 위한 것이다. 그들과 협력하지 않으면 우리는 살 수 없다.

그동안 우리는 이런 이야기들을 황당무계하다고 내버렸지

만 『동의보감』을 읽다 보면 옛 사람들은 내 몸에 신이 산다는 걸 알았고 실제로 대화도 했으리라 믿게 된다. 옛 어른들은 '힘이 없으면 헛것이 보인다'고 했는데 이런 경우를 두고 말한 게 아닐까? 우리가 아플 때 나타나 어떻게 살아야 할지를 알려 줄 정도로 우리를 사랑하고 보호해 주는 신(神)! 신과 함께라면 외롭지 않다.

24
배고파서 신선이 된 여자

          종남산(終南山)에 어떤 사람이 살고 있었는데 옷을 입지 않고 온몸에 검은 털이 나 있었으며, 구덩이를 뛰어넘고 산골 시냇물을 건너뛰는 것이 날아다니는 것 같았다. 이에 여러 사람이 둘러싸고 붙잡아 보니 여자였다. 그런데 그가 말하기를 "나는 본래 진(秦)나라 궁녀였는데 관동(關東)의 적이 쳐들어오자 진나라가 항복하므로 놀라서 산속으로 도망왔소. 그런데 배가 고파도 먹을 것이 없었는데 한 노인이 나에게 소나무와 잣나무의 잎을 먹으라고 가르쳐 주었지요. 처음에는 맛이 쓰면서 떫었지만 그 후부터는 조금씩 먹기가 편해져서 다시는 배고프지 않게 되었고, 겨울에는 춥지

않고 여름에는 덥지 않았소"라고 하였다. 진나라 때부터 한
(漢)나라 성제(成帝) 때까지는 이미 300여 년이 지난 후였다.「잡
병편」, '잡방', 1623쪽

　얼마 전 감이당 수업이 좀 일찍 끝난 날이었다. 도반들과 필
동 언덕을 내려오다가 다들 국수 한 그릇씩 먹고 가자고 했다.
저녁을 먹기에는 좀 이른 시간이었지만 발표를 하고 조별 토론
하면서 떠들썩했던 터라 다들 배고파했다. 나도 배고팠지만 비
행기 탈 시간이 빠듯해서 혼자만 빠지게 되었다. 근처 제본소에
얼른 들렀다가 나와 몇 발자국 걸어갔는데 이게 웬일인가? 갑자
기 땀이 삐질 나고 다리가 휘청하여 뭐라도 먹어야 걸을 수 있을
것 같았다. 도반들이 들어간 국수집을 바라보니 가까운 거리인
데도 아득하고 멀어 걸어가지 못할 듯했다. 마침 곁에 김밥집이
보이기에 쑥스러움을 무릅쓰고 혼자 들어가서 허기를 채우니
비로소 정신이 들었다.

　역시 밥이다. 그래서 밥심으로 산다고 하나 보다. 『동의보
감』에서도 사람에게 기운 나게 하는 건 곡기(穀氣)라고 하면서
위는 어느 만큼의 음식을 받아들일 수 있으며 그것으로 얼마나
살 수 있는지를 구체적으로 밝히고 있다.

사람이 기를 얻는 곳은 음식물이다. 그 음식물이 주입되는 곳은 위이다. 위를 큰 창고라고도 하고 민간에서는 밥통이라고 하는데 음식물은 3말 5되를 받아들인다. 보통 사람은 하루 두 번씩 변소에 가는데 한 번에 두 되 반씩 5되를 내보낸다. 그러므로 7일이면 3말 5되를 내보내게 되어 위 속에 남아 있던 음식물이 다 없어진다. 따라서 보통 사람이 음식물을 7일 동안 먹지 않으면 죽는다는 것은 위 속의 음식물과 진액이 다 없어지기 때문이다.「내경편」 '위부', 427쪽

음식을 못 먹었을 경우 버틸 수 있는 기간은 겨우 일주일이다. 위로 들어온 음식이 위에서 장을 거쳐 밖으로 모두 배설되기까지는 일주일이 걸린다는 것. 그만큼 음식이 중요하다. 그렇다면 옛날 흉년이 들거나 전쟁이 났을 때는 어땠을까? 당연히 시체가 즐비하다. "흉년 든 해에는 굶어 죽는 사람이 길가에 널려 있게 되니 참으로 슬픈 일"「잡병편」 '잡방', 1622쪽이라고 한탄한다.

그런데 놀랍게도『동의보감』엔 '흉년에 음식을 먹지 않고도 사는 방법', '곡기를 끊어도 배고프지 않게 하는 약'을 처방하고 있다. 음식을 못 먹으면 일주일을 넘기지 못한다고 분명히 언급해 놓고서도 말이다. 그 중 하나가 솔잎과 잣나무 잎이다. 위의 진나라 궁녀가 그것을 입증하고 있지 않은가? 그것도 일반적 수

명이 아닌 300년! 앞으로도 더 살 것 같은 기세다. 구덩이를 뛰어넘고 산골 시냇물을 건너뛴다니 동물보다 더 날래지 않은가? 몸이 가벼울 대로 가볍다.

곡기를 끊고 초목을 먹고 사는 건 도가의 수련법이다. 도가에서는 곡식이나 화식(火食)이 몸을 무겁게 한다고 보고 솔잎이나 잣잎을 먹으며 호흡을 깊게 하는 것만으로 얼마든지 장수할 수 있다고 본다. 그런 사람이 신선이다. 도가에서는 몸의 생리학이 발달했다. 몸에 대해 알아야 장수할 기술을 터득할 수 있으므로. 도가에서는 사람은 태어날 때 하늘로부터 선천지기를 받고 태어났으니 그것을 잘 보존하는 게 중요하다고 한다. 써서 없애지 말고 보존하라는 것. 그러면 구태여 음식을 먹지 않더라도 살 수 있다고 본다. 따라서 그들은 욕망을 절제하여 속세에 나가서 활동하지 않고 산속에서 맑은 것을 약간만 생식하며 에너지를 보존한다. 종남산은 중국에서 유명한 도가의 발상지다. 도가의 수련자들이 진나라 궁녀에게 솔잎을 먹으라고 가르쳐 주었을 것이다.

그러나 유가에서는 속세를 벗어나 산에 사는 것은 인류을 저버리는 일이다. 나라를 세우고 세상에서 인간의 도리를 다하고 윤리를 만들며 충·효를 하며 살아야 인간다운 삶이다. 하지만 유가는 몸의 구체적인 생리에 대해선 도가를 따라가지 못한다. "『동의보감』은 양생을 전면에 내세웠지만 그렇다고 신선술을 목표로 삼지는 않았다. 신선술의 성과들을 의술로 적극 활용하고는 있지만 어디까지나 보통 사람들이 삶을 영위하는 현장을 중심으로 한다."고미숙, 『동의보감, 몸과 우주 그리고 삶의 비전을 찾아서』 48쪽

　허준이 살았던 조선은 어디까지나 유교국가. 유교를 베이스로 하고 도교의 신선술은 '의학적 기술'로 적극 활용하였다. 그래서 『동의보감』에선 말한다. "『본초』(本草)에는 배고프지 않게 한다는 글이 있는데 의방(醫方)에서 그 방법을 말하지 않는 것은 그 방법이 신선의 술법(術法)에 관계되고 보통 사람들이 따라 할 수 있는 것이 아니기 때문이다."「잡병편」, '잡방', 1622쪽

　음식을 먹지 않는 것은 신선술인데 일반인은 따르기 어렵기 때문에 말하지 않았다가 이제 비방을 공개한다는 것! 죽어가는 백성을 구제하기 위해서다. 이게 유교국가에서 제왕이 해야 할 첫번째 책무이다.

　맞다. 음식 안 먹기, 신선술. 아무나 할 수 있는 게 아니다. 나 역시 잠시도 못 참아 김밥집을 찾아들지 않았던가. 음식이 부족하던 옛날도 어려웠는데 지금처럼 식욕이 만연한 시대엔 더 하기 어렵다.

　하지만 배고플 때야말로 신선이 될 수 있다는 건 참 아이러니다. 죽을 뻔하다가 신선으로 반전되었으니 말이다. 어려운 일

을 쉽고(?) 자연스럽게(?) 하고 있으니 말이다. 이런 기술을 익히면 흉년이나 전쟁 때에도 살 수 있으니 신선술이야말로 실용적 대안이라는 생각이 든다. 음식을 안 먹을 수는 없지만 적어도 음식을 탐하지 말아야겠다는 생각은 하게 된다. 적게 먹고 쓸데없는 감정을 쓰지 않는 것이 신선에 가까워지는 거니까. 기왕이면 이게 좋지 않은가.

25

충(蟲), 내 삶의 동반자

내가 아는 어느 분은 식당에서 참치알 같은 음식이 나오면 "이 거 먹으면 뱃속에서 참치가 생길 것 같아 못 먹겠다"고 말해 우 리를 웃긴다. 본인도 웃자고 하는 얘기이지 안 먹는 건 아니다. 그런데 놀랍게도 이런 유의 이야기가 『동의보감』에 실려 있다.

이도념이 병을 앓았는데 저징(褚澄) 이 진찰하고 나서 말하기를 "냉증도 아니고 열증도 아니며 이 것은 삶은 계란을 너무 많이 먹어서 생긴 것이다"고 하였다. 그리고 마늘 한 되를 삶아 먹이니 어떤 것을 토했는데 크기가 됫박만 한 것이 침에 싸여 있었다. 그것을 헤쳐 본즉 병아리였는데 깃털과 날개, 발톱과 발이 다 갖추어져 있었다. 그리고 얼마 있다가 병이 나았다. 「내경편」, '충', 469쪽

어떤 사람이 요통으로 가슴까지 당겼는데 매번 통증이 이를 때마다 숨이 끊어질 것 같았다. 이에 서문백(徐文伯)이 보고 말하기를 "이것은 발가(髮瘕)이다"라고 하면서 기름을 먹이니 곧 머리카락 끝 같은 것을 토했는데 잡아당겨 빼내어 보니 길이가 3자나 되었고 머리는 이미 뱀처럼 되어 움직였는데 문에 걸어서 물기가 다 빠진 것을 보니 한 올의 머리카락일 뿐이었다. 「내경편」, '충', 470쪽

날계란도 아닌 삶은 계란을, 그것도 통째로 삼킨 게 아니라 씹어 먹었는데 병아리 모양새를 갖추고 나오다니! 잘못 먹은 머리카락이 뱀처럼 눈도 달리고 움직이다니! 설마설마하다가도 이 정도면 모든 물질은 다 생명이 되려고 하거나 물질 자체가 생명이 아닌가 하는 생각이 든다. 우리 몸에 있는 작은 생명들, 즉 미생물들을 통틀어 한의학에선 충(蟲)이라 일컫는데 우리 몸은 다른 생명체들, 충이 서식할 수 있는 좋은 여건인가 보다. 머리카락까지 살 수 있는. 왜 안 그러겠는가. 습하고 열이 있고 영양물질이 듬뿍한데. 그러니 옛날엔 교룡이 교미한 정액이 흘러든 물을 먹어 충이 생기거나 미나리에 붙은 거머리를 모르고 잘못

먹어 몸의 피를 빨아 먹히는 것은 다반사였다.

하긴 옛날 회충을 박멸하기 위해 학교에서 대변 봉투로 검사하고 회충약을 해마다 먹었던 걸 생각하면 새삼스러운 일은 아니다. 그래도 기분이 언짢은 건 어쩔 수 없다. 그 작고 기괴하게 생긴 놈들이 내 안에 우글거리고 있다니. 옛날엔 입으로까지 나올 때도 있어서 우리를 공포에 떨게 하지 않았는가. 우리 언니는 회충을 토한 적도 있다고 한다. 하지만 장내의 세균 덕분에 소화가 되어 음식물을 섭취하고 살아갈 수 있는 걸 알면 어떤 놈들은 고마운 존재 같기도 하고… 그야말로 애증이 엇갈린다. 양적으로도 우리 몸 세포수의 10배가 된다니 이들이 우리를 장악한 것 같다. 역사적으로도 이들은 우리보다 훨씬 먼저 생긴 선배(?)이다.『동의보감』에서도 이들은 계속 알을 낳아 새끼를 치므로 없앨 수는 없다고 말한다. 우리가 주인인지 그들이 주인인지, 내가 충인지 충이 나인지 계속 헷갈린다. 우리가 그들에게 더부살이하는 것 같기도 하다.^^ 어쨌든 그들과 떨어져서는 살 수 없다. 그러므로 어떻게 관계를 맺어야 할지 전략을 잘 세워야 한다. 이것이 면역계가 할 일이다.

우선 삼시충(三尸蟲). "첫째는 상충(上蟲)으로 뇌 속에 있고 둘째는 중충(中蟲)으로 명당(明堂)에 있고 셋째는 하충(下蟲)으로 뱃속에 있다. 이것을 팽거(彭琚), 팽질(彭質), 팽교(彭矯)라고 하는데 사람이 도(道)를 닦는 것을 싫어하고 사람이 뜻을 굽히는 것을 좋아한다"라고 하였다. 상단전(上丹田)은 원신(元神)이 거처할 궁인데 오직 사람이 이 관문을 열지 못하여 시충(尸蟲)이 살게 되므로 생사의 윤회를 마칠 기약이 없는 것이다. 「내경편」

'충', 467쪽

우리가 도를 닦지 못하고 생사의 윤회를 거듭하는 게 삼시충의 짓이라니. 뇌와 명당, 뱃속까지 골고루 장악하여 우리를 이래라저래라 하고 있다. 이쯤 되면 기가 죽고 만다. 생물학 용어로 말하면 숙주조종당하는 것이다. 요즘 내가 저지르는 문제들, 감기가 잘 낫지 않는 것도 시충이 조종하는 건 아닌지.

노채충(勞瘵蟲)도 무시무시하다. 장부의 기름을 파먹고 피와 살을 파먹는다. 병자를 죽음으로 이끈 후에도 가족들에게 옮기기를 계속하여 멸문지화를 부르고 만다. 그래서 '전시'(傳尸)라고도 불린다. 증상은 조열과 도한(식은땀), 각혈, 유정, 설사. 남의 흉을 잘 보고 늘 분노의 감정을 품는 것도 특징이다. 원인은 '소년 시기, 즉 혈기가 안정되기 전에 주색에 손상되면 그 열독이 쌓이고 뭉쳐서 괴상한 벌레가 생기게 되는데' 기혈이 손상되어 허해진 틈을 타서 사기가 침입하고 충이 생긴 것이다.

일반적으로는 구충(九蟲)이 있다. 우리가 잘 아는 회충이나 요충은 여기에 속한다. 오장충(五臟蟲)도 있는데 오장마다 고유의 충이 있어 모양과 색깔이 다르다. 어느 충이건 우리 목숨을 위협할 수 있다.

하지만 어찌 충들이 우리가 미워 이러겠는가? 다 살려고 하는 일이다. 그들에겐 삶일 뿐인데 우리에겐 병증으로 나타나는 것이다. 하지만 우리도 살아야 한다. 우리라고 전략이 없을쏜가? 우리는 우선 약으로 대응하는데 만드는 법이 특이하다. '약을 만들 때는 소리를 내어 말을 하지 말아야지 약을 만든다고 말하면 기생충은 곧 아래로 도망가는데 이는 경험으로 안다.' 뛰는 놈 위에 나는 놈 있다고, 어떤가? 이 정도면 우리도 대단하다. 병자에게도 약이라는 걸 모르게 하고 먹이고 있으니 서로의 기 싸움이 대단하다. 우리 몸이 한바탕 전투장이 되고 있다.

하지만 이는 충이 결코 만만한 상대가 아니라는 것을 안다는 증거이다. 『동의보감』은 충이 신령스럽고 특이하다는 걸 강조한다. 그래서 약 만드는 것도 비밀로 했던 것이다. 아마 어떤 강력한 약으로도 충을 박멸할 수 없다는 걸 동양인들은 알았던 게 아닐까? "노채(勞瘵), 전시(傳尸)의 병을 훈증하여 치료하는 약이 한두 가지가 아니지만 효과 본 사람은 드물다. 오직 마지막에 죽은 사람을 태운다면 병이 전하는 것을 막을 수 있을 뿐이 그래서일까? 『동의보감』에선 상생의 유화책을 주로 쓴다. 예를 들면 노채충을 죽이는 대신 경옥고와 같은 보약으로 몸의 허기를 보하는 방식을 병행한다. 또 회충이 심할 때는 '위를 따뜻하게 하여 안정시킨다'. 충은 단맛을 좋아하고 신맛에는 멈추며 쓴맛에는 안정한다는 걸 알고 단맛 나는 감초는 약에 쓰지 않은 것도 그렇다. 응성충(應聲蟲)을 치료하는 법은 아예 충과 교감을 하는 것이다. 응성충은 목구멍에 있으면서 사람이 말을 할 때마다 따라한다. 의사는 환자에게 『본초』를 외우게 했다. 그랬더니 약물마다 소리가 응하다가 '뇌환'이라는 약재를 외울 때만 소리가 없어서 뇌환 몇 개를 복용케 했더니 나았다는 것.^^

그렇다면, 그 무서운 노채충의 최종 치료법은?

"노채병 36종은 오직 음덕(陰德)이 있어야 떼 버릴 수 있다. 이 병에 걸리면 산림 속으로 들어가거나 조용한 방에 거처하며 마음을 맑게 하고 고요히 앉아서 치아를 맞쪼고 향을 피우며 음식을 조절해서 먹고 욕망을 끊는 등 보양에만 전심을 기울인다면 아마도 죽음을 면할 수 있을 것이다. 그러나 만일 이러한 금기사항을 따르지 않는다면 비록 약을 먹는다고 하여도 효과가 없다."「내경편」'충', 475쪽

충을 마음 수양으로 다스리라는 이 치료법은 항생제에 길들여진 우리에겐 무척 낯설다. 충을 진정시켜 서로가 살자는 전략이다. 우리가 수양하는 삶을 살면 충도 우리를 만만히 보지 않아 날뛰지 않을 것이다. 우리가 하기에 따라 그들을 진정시킬 수도 있고 날뛰게 할 수도 있다. 우리는 오래도록 충을 병원체로만 알고 충에게만 병의 책임을 지우며 충만 없애려 해왔다. 하지만 『동의보감』은 우리의 삶에도 문제가 있으므로 어떻게 사느냐에 따라 치료할 수 있다고 말한다.

이런저런 전략으로 충과 관계 맺는 것, 그 자체가 바로 우리 삶의 활력이다. 면역계의 활동인 것이다. 만약 약으로나 위생으로 충을 다 몰아내면? 면역계는 관계할 대상이 없어져서 충 대신 우리 자신을 공격 대상으로 착각하여 공격하게 된다. 이른바 면역계 질환들. 아토피, 류머티즘 등이다. 충은 피할 수 없기도 하지만 우리를 살리는 필수적인 존재이다. 내 삶의 동반자이다.

26

무서운 상한병

　　고자헌(顧子獻)이 상한병을 앓다가 막 나을 무렵 화타(華佗)가 맥을 보고 말하기를, "아직 허약하고 회복되지 않아서 양기가 부족하니 힘든 일은 하지 말아야 합니다. 다른 힘든 일은 그래도 괜찮으나 여자와 관계하면 즉사할 것인데, 죽을 때는 혀를 몇 치 빼물고 죽을 것입니다"라고 하였다. 그의 아내가 병이 나았다는 말을 듣고 백여 리 밖에서 달려와 살펴보고 며칠 밤 있는 동안에 방사를 치르고 나서 그는 과연 혀를 몇 치 빼물고 죽었다.「잡병편」, '한', 1122쪽

　　어떤 부인이 상한병을 앓을 때 도적 떼가 쳐들어왔는데 미처 달아나질 못했다. 그 도적들 6~7명이

그녀를 겁탈하고 나서 그들은 모두 그 부인의 병을 얻고 죽었다. 이것이 음양역(陰陽易)이다.「잡병편」, '한', 1122쪽

20년도 전의 일이다. 겨울방학 때 아이들이랑 육지로 여행을 갔다. 하루는 저녁에 뜨거운 물로 목욕을 하고 밤에 뭔가를 사러 밖으로 나왔다. 문득 차가운 바람이 머리칼 틈으로 싸아 스며드는 걸 느꼈지만 대수롭게 생각하지 않았다.

하지만 그날 밤부터 당장 열이 나고 목이 아프고 몸이 뻣뻣해지는 듯하며 상당히 괴로웠다. 찬바람을 맞아 감기이겠거니 했는데 전에 앓았던 감기와는 뭔가 다르고 감기와는 비교도 안 될 정도로 아팠고 하루하루 증상이 더 깊어져서 놀라웠다. 오래 전의 일이라 많이 잊혀졌지만 지독하게 고통스러웠던 기분이 지금도 남아 있다. 또한 오래 앓지 않고 한 일주일이 넘자 서서히 나았던 기억도.

요즘 『동의보감』을 읽다 보니 그때 그게 감기가 아니라 '상한'(傷寒)이 아닐까 하는 생각이 든다. 상한은 겨울철의 차가운 기운에 몸이 상하는 것이다. 이는 감기와는 다르다. 감기는 『동의보감』에선 '감한'(感寒)이라 한다. 감한도 한기에 상한 증상이긴 하지만 겨울철에 국한되지 않으며 '차고 더운 것이 조절되지 않거나 조리를 잘못한 것, 좀 덥기만 하면 옷을 벗거나 몹시 더

울 때 찬물을 마신 것'「잡병편」. '한'. 1136쪽 등 몸을 조섭하지 못해서 생긴다. 증상도 상한처럼 심하지는 않아서 죽음을 걱정할 정도 는 아니다.

반면 상한은 13일이 지나도 낫지 않으면 위험하다. 주요 증 세는 열인데 감기와 달리 한기(寒氣)는 경맥을 타고 흐른다. 몸 의 겉에 흐르는 3개의 양경맥과 안에 흐르는 음경맥 3개를 하루 에 하나씩 타면서 6일 동안 밖에서 안으로 옮겨 가며 날마다 증 세가 깊어진다. 7일째부터는 신기하게도 위와 같은 순서로 경맥 마다 하루씩 사기(邪氣)가 없어지면서 나아 간다. 그러나 이때 면역력이 부족해 자연적으로 낫지 않거나 약을 잘못 쓰면 한기 가 다시 3음 3양 경맥을 타고 반복적으로 흐르면서 위태로워진 다. 아마 나는 그때 자연적으로 나았던 모양이다.

겨울의 추위는 수(水) 기운이고 음(陰)의 기운이다. 음의 기 운은 모이는 성질이 있다. 따라서 상한은 당장 발현되지 않고 잠 복했다가 다음 해에 발병할 수도 있어 무섭다. 봄에 나타나면 '온병'(溫病), 여름에 나타나면 '서병'(暑病)으로 부른다. 서병은 열이 온병보다 더 심하게 나는 것이다. 힘든 일을 하는 사람들이 온병과 서병을 많이 앓는데 이는 '겨울철에 한사(寒邪)에 감촉되 었기 때문'「잡병편」. '한'. 1068쪽이라며 『동의보감』에선 안타까워한다. 먹고 입을 게 부족한 사람들이 겨울에 한사에 많이 노출된다는 뜻이다.

상한은 처방도 어렵다. 대체로 3일까지는 열이 몸의 겉에 있으므로 땀을 내서 날리고 4일부터는 안에 있으므로 설사를 시켜 열을 뺀다. 그러나 상한은 워낙 종류가 다양하고 다른 병과 증세가 비슷해서 구별이 어려워 이를 적용하기 어렵다. 약 처방도 마찬가지다. 혹 잘못 쓰면 죽는다고 『동의보감』은 자꾸 경고한다.

완전히 낫기도 어렵다. 낫는 것 같아도 '100일' 동안은 성관계를 금해야 한다. 남자의 경우 여자와 교합할 때가 힘든 일을 할 때보다 몇 배 더 정이 소모되기 때문이다. 그런데 금하지 못할 경우 본인이 아닌 파트너가 병이 옮아 죽을 때도 있으니 묘하다. 고자헌은 본인이 죽었지만 도적들은 여자의 상한 독이 옮아 죽었다. 이럴 때는 여자의 음과 남자의 양이 서로 바뀌었다 하여 음양역이라 하는 것이다. 얼마나 무서운 병인가.

추위에 감촉되었을 뿐인데 왜 상한은 이렇게 무서운 증상을 보일까? '사철의 기후에 상하게 되면 다 병이 될 수 있는데 유독 상한병독이 가장 심한 것은 그 속에 죽이는 기운(살기)이 있기 때문이다.'「잡병편」 '한', 1068쪽 겨울의 수 기운을 죽이는 기운으로 본 것이다. 그래서 『동의보감』은 상한을 '대병'(大病)이라 보고 지면을 가장 많이 할애하고 있다.

나는 그때 호되게 아팠던 후로 나름대로 지키는 게 있다. 아침에는 밖에 나와야 하니까 찬 기운에 드러나지 않기 위해 샤워를 하지 않고 자기 전에 한다. 그리고 따뜻한 물로 한 다음에는 냉수로 행구어 주리(살가죽 겉에 생긴 작은 결)가 열리지 않게 한다. 그래서인지 그 후로는 그처럼 심한 증상은 없었다.

지금의 절기는 추분(秋分). 가을과 겨울의 분기점에 있다. 이제 겨울 추위가 몰려올 것이다. 약 처방도 어려우니 우리 스스로 조심하는 것이 최고의 처방이자 양생이다. 춥지 않게 옷을 입고 차가운 바람을 함부로 쏘이지 않는 게 중요하다. 성욕의 절제 또한 명심할 일이다.

27
병, 삶을 살펴보라는 메시지

땀을 급히 내면 수명을 단축시킨다.
상한병에 땀을 내려면 표리와 허실을 살펴 적당한 때를 기다
렸다가 실시해야 한다. 만약 순차적으로 하지 않으면 잠시는
편안하다고 하더라도 오장을 상하게 하여 수명을 단축시키게
되니 어찌 귀히 여길 만하겠는가?

옛날 남조(南朝)의 범운(範雲)이 진무
제(陳武帝)의 속관(屬官)이 되었는데, 상한병에 걸려 구석(九錫 :
천자가 특히 공로 있는 사람에게 하사하던 9가지 물품)의 영예를 받
지 못할까 염려하여 서문백(徐文伯)을 청하여 급히 땀을 내줄
것을 간청하였다. 문백이 말하기를 "지금 당장 낫게 하는 것

은 아주 쉬우나 다만 2년 후에 일어나지 못할까 염려될 뿐입니다"라고 하였다. 범운이 "아침에 도를 깨달으면 저녁에 죽어도 좋다고 하였는데, 어찌 2년 후의 일을 가지고 두려워하겠습니까?"라고 말하자 문백이 곧 불로 땅을 태운 다음 복숭아 잎을 펴고 자리를 마련하여 범운을 그 위에 눕혔다. 얼마쯤 있다가 땀이 푹 난 다음 온분(溫紛 : 땀이 나는 걸 막는 처방. 백출, 고본, 천궁, 백지 각각 같은 양을 가루 내어 1냥을 좁쌀가루 1냥과 고루 섞은 다음 무명천에 싸서 뿌린다)을 몸에 뿌려 주니 다음 날 병이 나았다. 이에 범운이 심히 기뻐하였다. 그러나 문백은 "기뻐할 일이 못 됩니다"라고 하더니 2년 후에 과연 범운이 죽었다. 「잡병편」 '한', 1130쪽

예나 지금이나 높은 벼슬은 아무에게나 찾아오지 않는다. 운이 트이고 시절인연이 맞았을 때에나 문득 다가올 수도 있는 일이다. 대부분의 사람들은 상상할 수 없는 일생일대의 사건인 것이다.

남조 시대의 범운(範雲, 451~503)은 높은 관직에 임명받고 이제 곧 출사를 눈앞에 두고 있다. 그는 이름난 문장가이자 정치가이다. "재사(才思)가 뛰어나 '붓을 대기만 하면 뛰어난 문장을 이루었다"는 평을 받을 정도다. 남조의 한 축을 이루는 송(宋)·

제(齊)·양(梁)·진(陳) 4대에 걸쳐 두루두루 높은 관직을 쭈욱 역임했다. 지금은 진 무제로부터 다시 벼슬을 받게 된 행운아. 그런데 이를 어쩌랴! 그는 갑자기 병을 얻었다. 바로 상한병(傷寒病). 상한병은 겨울의 한기에 적중되어 몸이 상하는 병인데 주증상은 심하게 열이 나는 것이다. 기본적인 처방은 땀을 내는 것. 땀을 내어 한기가 풀리게 한다. 그런데 땀을 낼 때는 신중해야 한다. 『동의보감』에선 땀을 피와 다름없이 보기 때문이다. 너무 많이 내면 피가 손실돼서 기가 허해지고 적게 내면 치료가 안된다.

> 땀을 낼 적에는 손발이 다 축축할 정도로 두 시간 정도 내는 것이 좋고, 땀이 물처럼 뚝뚝 떨어질 정도로 해서는 안 된다. (……) 땀을 낼 때 허리 위는 평상시와 같이 덮고 허리 아래는 두껍게 덮어야 한다. 그것은 허리 위는 땀이 질벅하게 나더라도 허리 아래로부터 발바닥까지는 땀이 약간 나서는 병이 끝내 낫지 않기 때문이다. 그러므로 허리에서부터 다리까지는 땀이 푹 나도록 해야 한다. 「잡병편」, '한', 1009쪽

땀을 많지도 적지도 않게 낸다는 것은 손발이 축축할 정도로 천천히 내는 것이다. 그러기 위해선 2시간 정도가 걸린다. 그

리고 땀은 상체에서 많이 나는데 효과를 보기 위해선 하체, 발까지 나야 하기 때문에 허리 아래는 두껍게 덮으라는 주문까지 하고 있다. '3일 안에 두세 번' 내라고도 하고 있다.

그러나 범운은 3일 혹은 2시간도 기다릴 수 없었던 모양이다. 의사 서문백에게 땀을 빨리 내 달라고 간청하는 것을 보면. 물론 그렇게 해봐도 안 나왔을 수도 있다. 이럴 경우는 병이 몸 겉에 있는지(표) 안에 있는지(리), 몸이 허한지(허) 병의 기운이 넘치는지(실) 분명하게 살펴서 적절한 시기를 택해야 한다. 하지만 범운에게 그런 때를 기다릴 여유가 어디 있으랴? 당장 임명장을 받으러 가야 하는데. 이 순간을 놓치면 영광은 간 곳 없을 텐데.

서문백은 그의 간청을 들어주었다. 비상시에 빨리 땀을 내는 방법도 있기 때문이다. 한증법이다. 급히 땅을 데우고 눕혀 천천히 내야 할 땀을 빨리 빼는 것. 이 방법을 쓰면 임시로는 나을 수 있다. 하지만 『동의보감』에선 경고한다. "이 방법은 병이 위급할 때는 괜찮지만 조심하고 두 번은 쓰지 말아야 하는데, 명을 재촉하기 때문이다"잡병편 '한', 1010쪽라고.

온분은 흐르는 땀을 멈추게 하는 처방이다. 땀이 얼마나 빠르게 많이 났으면 인위적으로 멈추게 하겠는가? 한꺼번에 피를 많이 흘린 셈이므로 수명이 단축되는 것이다. 더구나 그때 그의 나이 52세였으므로 이미 기력이 쇠약해진 시기였다. 이 나이에 쓰기에는 위험한 처방이었다. 서문백이 2년 후에 위험할 수도 있다고 한 것은 이 때문이다. 공자의 말씀을 들먹이며 "아침에 도를 들으면…" 운운하면서 멋있게 호기를 부렸지만 병을 이기는 장사는 없다.

병은 나의 삶을 살펴보라는 메시지이다. 잠시 멈추어서 삶을 돌아보고 어떻게 살아야 할지를 생각해 보라는. 범운이 그랬다면 관직은 내버렸을지라도 우리에게 시 몇 편은 더 남겼을지도 모를 일이다. 붓을 대기만 하면 문장을 이루는 그였기에.

28
고독(蠱毒)을 보내는 법

고(蠱)라는 것은 사람이 세 가지 벌레 (三蟲: 두꺼비, 지네, 뱀)를 잡아 그릇[皿]에 담아 두어서 (고蠱라는 글자는 세 개의 虫과 皿을 합하여 만든 것이다) 서로 잡아먹게 하여 마지막에 남는 하나를 '고'(蠱)라고 하는데, 그것은 여러 가지 변화를 일으킨다. 사람이 공경해야 할 일이 있다고 조작하여 술과 고기를 갖추어 놓고 제사를 지낸 다음 그것을 음식에 두고 독을 뿜게 한다. 사람이 그 독이 든 음식을 먹고 그 독에 중독되면 가슴이 답답하고 배가 아프며, 얼굴빛이 청황색을 띠고, 가래와 피를 토하거나 뒤로 피고름이 나온다. 그리고 그런 환자가 먹은 음식은 다 충(蟲)으로 변하여 장부를 파먹게 되는데, 다 파먹고 나면 사람이 죽는다. 급한 것은 십수 일 만에 죽고, 완만한 것은 세월을 끌다가 죽는데, 죽은 다음에는 그 병기운이 다른 사람에게 옮겨 가기 때문에 '고주'(蠱疰)라고 한다.「잡병편」, '해독', 1595쪽

고독(蠱毒), 글자의 뜻을 알면 끔찍하다. 그러잖아도 다 독이 있는 뱀, 지네, 두꺼비를 그릇에 담아 싸우게 하여 최종 한 마리만 남게 하다니. 그 최종으로 남은 '고'(蠱)는 그야말로 독 덩어리일 것 아닌가! 오직 독의 힘으로 싸워 살아남았을 테니까. 얼마나 그 독이 독하면 그 독이 든 음식을 먹었을 때 먹은 음식이 다 충(蟲)으로 변하겠는가? 그 충이 장부를 다 파먹어 죽게 한다니 이보다 더 처참할 수는 없다.

대체 무엇 때문에 이런 독을 만드는 것일까? 『동의보감』에 이에 대한 언급은 없다. 하지만 해독하는 처방은 자세히 나와 있는 걸로 봐서 아마도 그 당시엔 이런 일이 비일비재했던 것 같다. 그래서 다 아는 걸로 보고 생략했을 듯하다. 추측건대 이는 남을 저주하기 위해서인 것 같다. 항아리를 열어 음식으로 독이 퍼져 나가게 할 수도 있고 항아리를 저주하는 집 땅에 묻어 두기만 해도 그 독기가 퍼져 나가 그 집 사람을 해칠 수 있다. 옛날 역사 드라마에서 장희빈이 짚 인형에 못을 박고 주문을 외우며 인

현왕후를 저주하는 장면이 있었는데 이와 같은 이치다. 한의학에선 이처럼 눈에 보이지 않는 동물의 기운도 사람의 기운과 서로 넘나들고 뒤엉키면서 병을 일으킬 수 있다고 본다.

'고'(蠱)의 주인은 '고'가 죽지 않을 정도만 먹을 것을 주어 연명하게 하면서 계속 독을 키운다. '고'는 몹시 굶주린 상태이므로 무엇이든 먹어치우려고 하는 욕망이 극도로 치성해 있는 상태다. 그게 바로 독이다. 그래서 음식을 통해 장부에 들어가면 장부를 파먹는 것이다. 그냥 버리면 그 재앙이 주인에게로 돌아가기 때문에, 주인은 버릴 수도 없어서 집에서 키우게 되는데 이 집을 방문한 사람은 운 나쁘게도 재앙에 걸려들게 된다.

그렇다면 어떻게 이 집에 '고'가 있는지 없는지 알 수 있을까? 이상하게도 『동의보감』에서는 그 집의 문지방과 들보를 보라고 말한다. "대체로 고독(蠱毒)이 있는 마을에 들어가서 인가를 살펴보아 문지방과 들보에 먼지가 없고 깨끗한 집은 반드시 고독을 기르는 집이므로 조심하고 미리 방비해야 한다."「잡병편」, '해독', 1595쪽 청결과 독이 무슨 관계일까? 청결하면 할수록 독은 없어야 할 것 아닌가? 이는 청결의 문제라기보다 이 집에 사람이 얼마나 드나드는가를 나타내는 표시인 것 같다.

문지방과 들보는 먼지 없기가 쉽지 않다. 문지방은 사람이 드나드는 방문의 턱이다. 따라서 아무리 쓸고 닦아도 여기엔 먼지가 있게 마련이다. 사람이 드나들면 들보에도 먼지가 묻을 수밖에 없다. 그런데 여기에 먼지가 없다는 것은 이 집에 찾아오는 손님이 없다는 뜻이다. 이 집의 깨끗함은 외부와 소통을 못 하는 무능력의 표시이다. 인간관계가 거의 파탄 났다고 보아도 된다. 그러니 심하면 남을 저주하는 극단까지 갈 수 있다.

음식에 고독이 있는지를 알 수 있는 또 하나의 방법은 날콩을 씹어 보아 비린내가 나지 않고 단맛이 날 때이다. 너무 먹고 싶은 '고'의 욕망이 덧씌워져 비린 것도 달게 느껴지는 것이다. 우리도 무언가에 홀리거나 사기를 당할 때는 제대로 있는 그대로 못 보고 달콤하게만 느껴지지 않는가?

그런데 만약 이를 모르고 고독에 걸렸다면? 여기 고독의 해독제로 양하잎을 이용한 부인이 있다.

고독에 걸려서 뒤로 돼지 간 같은 피가 나오고 장부가 다 상해서 죽기만을 기다리고 있을 때는 양하잎을 환자의 잠자리 밑에 몰래 깔아 알지 못하게 하면 환자가 저절로 고독을 퍼뜨린 사람의 성명을 부르게 되는데, 그러면 그 사람의 성명을 부르면서 고독을 가져가라고 하면 곧 낫는다. 장사선(蔣士先)이 이 병을 얻어 뒤로 피를 흘렸는데, 고독에 걸린 것이라고들 하였다. 그리하여 그의 부인이 몰래 양하잎을 잠자리 밑에 깔아 주

스토리 동의보감

었는데, 장사선이 갑자기 크게 웃으면서 "나를 고독에 걸리게 한 것은 장소(張小)이다"라고 하였다. 그래서 곧 장소에게 거두어 가라고 하자 장소가 거두어 달아났다.「잡병편」, '해독', 1596쪽

환자 장사선의 부인은 양하잎을 환자의 잠자리 밑에 깔아 준다. 양하(양애)는 생강 비슷한 특유의 향기가 진한 식물로 제주에 많다. 나도 봄부터 가을까지 종종 나물을 해먹는데 특유의 향기가 톡 쏘고 군내를 없애 주며 맛있다. 향기가 진해서인지 벌레가 오지 않는다. 옛날 우리 할머니도 독한 채소라면서 임신한 여자들은 먹지 못하게 한 걸 보면 귀신도 범접 못할 정도로 양기(陽氣)가 센 채소이다. 단, 환자가 모르게 해야 한다. 고가 알면 도망가 버리기 때문이다. 옛 의사들은 충(蟲)도 영험하여 말을 알아듣고 활동을 한다고 보았다.

양하의 양기에 고독의 기운이 눌려서 비로소 환자는 고의 독에서 풀려난다. 고의 주술에서 풀려나니 제정신이 돌아오게 되어 이제는 자기가 누구의 집에서 고에 중독되었는지를 깨닫게 된다. 아마도 장사선은 장소의 집에서 음식을 먹었던 모양이다. 그 후에 중독되었다가 깨어났으니 장소를 호명했고 가져가라고 하니 장소는 허겁지겁 가져갔을 것이다. 관가에서는 고독의 주인이 발각되면 가장 무거운 형량으로 다스렸다고 한다. 모

반 대역죄와 똑같이 고독죄는 사면에서도 제외되었다고 한다. 그래서 장소도 급히 거두어 달아났으리라.

고독을 푸는 해독제로 '태을자금단'(太乙紫金丹)이 있는데 그 만드는 법 또한 음양의 이치를 따랐다. "이 약은 단오(端午 : 음력 5월 5일), 칠석(七夕 : 음력 7월 7일), 중양일(重陽日 : 음력 9월 9일)이나 천덕(天德)과 월덕(月德)이 합(合)하는 날에 깨끗한 방에서 향을 피워 놓고 재계하고 만드는데, 여자나 상제[孝服人]가 보지 못하게 하고, 닭이나 개가 가까이 오지 못하게 해야 한다."「잡병편」'해독', 1596쪽

고독은 몰래 남을 괴롭히는 기운이니 음(陰) 기운이 치우친 상태다. 한의학적 치료는 음양(陰陽)을 맞추는 것이다. 한의학에서 5, 7, 9는 양수(陽數)이다. 그러므로 양수가 둘씩 겹쳐진 단오, 칠석, 중양절은 양기(陽氣)가 센 날이다. 여자나 상제, 닭, 개는 음기(陰氣)이다. 그래서 이들은 금한 것이다. 약재뿐 아니라 약을 만드는 날도 양일로 택하여 양기를 극대화해서 음기와 하나가 되게 하였다.

남을 해코지하기 위해 집에서 독을 만들어 기른다는 것도 놀랍거니와 식욕이 얼마나 강렬한 욕망이며 그것을 제어하지

못할 때 독이 된다는 것도 알게 되었다. 하지만 그에 대한 처방을 음양의 논리로 할 수 있다는 것도 놀랍다. 얼핏 미신 같은 이야기로 들렸는데 곰곰 생각해 보니 자연철학적인 논리를 깔고 있었다. 허준의 시대엔 당연했던 음양의 이론이 현대의 우리에겐 낯설었을 뿐이다.

29
금빛 누에 시집 보내기

　　금잠고독(金蠶蠱毒): 남방(南方)에서
는 금잠(金蠶)을 기르는데 그 누에는 금빛이 난다. 그 누에한테
촉(蜀)나라 비단(상품의 비단)을 먹여 그 똥을 받아 음식에 두면
사람에게 독을 옮겨 사람이 죽는다. 그 누에는 기르는 사람에
게 재물이 생기게 하여 갑자기 부자가 되게 하나 그 누에를 내
보내기는 매우 어려워서 물이나 불이나 칼로도 죽일 수 없고,
반드시 많은 금이나 은을 누에와 섞어서 여러 갈래로 난 길 모
퉁이에 던져 두어 사람들이 혹 그 금이나 은을 주워 갈 때에
금잠도 묻어가게 되는데, 이렇게 하는 것을 "금빛 누에를 시
집보낸다"라고 한다. 「잡병편」, '해독', 1598쪽

중국 삼국시대 때 촉나라였던 지금의 사천성의 특산물 중에는 비단이 유명하다. 촉나라에는 뽕나무가 많고 촉나라 사람들은 직조 기술이 뛰어나 품질 좋고 아름다운 채색의 비단을 만들어 냈다. 세계 각처의 사람들은 이 촉나라 비단을 갖고 싶어한다. 서양인들도 이 비단을 매우 좋아했다고 한다. 촉나라를 강국으로 만들어 준 부의 상징이기도 하다.

그런데 이런 고급 비단을 옷이나 물건을 만드는 데 쓰지 않고 누에에게 먹이는 사람이 있다. 남방에서 금빛 누에(금잠)를 기르는 사람인데 독(毒=蠱毒)을 만들기 위해서다. 고급 비단을 먹은 누에의 똥에서는 독이 발생하는데 그 독은 신통력이 있어서 주인에게 많은 재물을 생기게 해준다. 주인은 이 재물을 탐하여 누에에게 비단을 먹이는 것이다. 그러나 누에 똥의 독은 재물만 주는 게 아니라 재앙도 동시에 준다. 그 똥을 접하는 사람을 반드시 아프게 하거나 죽게 한다. 중독시키는 것이다.

주인은 재물만 취하고 재앙은 피하고 싶다. 그래서 그 똥을 다른 사람 음식에 넣거나 그 집으로 보내려고 한다. 이 독에 걸려든 사람은 운이 없게도 아프거나 죽게 되는 것이다.

비단을 먹은 누에의 똥이 어떻게 독을 만드는지 과학적으로는 설명할 도리가 없지만 누에에게 뽕을 먹이지 않고 순리를 어겨 비단을 먹였기 때문이 아닐까? 똥은 밖에서 들어온 음식이 오장육부를 돌고 돌아 나온 최종 결과물이다. 그런데 먹은 게 음식이 아니고 비단이니 오장육부의 고통이 오죽했을까? 누에 자신이 만든, 자신의 분신과도 같은 비단을 먹었으니 그 비단이 오장육부를 돌면서 엄청난 분노가 쌓여 독이 발생했을 것이다. 오늘날 닭이나 소에게 그들의 배설물을 먹여 병을 일으키는 것과 같은 이치다. 그것을 먹은 사람은 아프고 병들지만 그런 소, 닭을 키운 사람들은 엄청난 부를 누리고 있는 오늘의 현실과 너무나 흡사하다.

주인은 이제 재물도 넘치고 있으니 남을 해치는 일은 그만하고 싶지만 이미 늦었다. 누에는 이 독의 활동을 멈출 수가 없다. 재물을 줌과 동시에 누군가를 계속 해쳐야만 한다. 만약 남을 해롭게 하지 않으면 누에는 그 화살을 주인에게로 돌린다. 주인을 죽게 할 수도 있다. 주인은 누에를 죽여서라도 마음 편하게 살고 싶지만 독의 힘으로 누에는 생명력이 아주 강해진 상태. 물이나 불, 칼로도 죽일 수 없다. 오히려 누에가 주인이 되어 버렸다. 꼼짝없이 누에에게 뒷덜미를 잡혔다.

이제 방법은 누에를 다른 데로 보내는 수밖에 없다. 그러나 누군가 이 누에를 길러 주지 않으면 해는 자신에게 돌아올 것이므로 아무데나 버릴 수가 없다. 누군가 가져가 기르게 해야 한다. 하지만 누가 가져가랴? 잘못 주워 오면 해가 된다는 것을 당

스토리 동의보감

시 사람들은 거의 알고 있었을 것이다. 그러고 보니 나도 어릴 때에 길에서 물건 함부로 줍지 말라는 말을 어른들에게서 들은 것 같다. 귀신이 붙었을지도 모르니 줍지 말라고 했었다.

그러니 주인은 사람들이 현혹되도록 그동안 모아 두었던 금은을 듬뿍 싸서 그 속에 금잠을 숨긴다. 그것을 사람들이 많이 다니는 갈림길에 가져가 놓아두는 것이다. 금은에 현혹된 사람은 금잠이 있는 줄 모르고 가져간다. 이를 '금잠을 시집보낸다'고 한다는 것. 아마 많은 지참금을 주어 보내기 때문에 이런 표현을 썼을 것이다. 마치 오늘날 이런 식으로 돈을 버는 기업들이 많은 희사금을 내고 비난을 모면하려는 경우와 같다.

누에를 시집보낸들 주인은 과연 마음 편하게 살 수 있을까? 시집간 누에가 시집에서 잘 살면 다행(?)이지만 그렇지 못하면 멀리서라도 친정에 그 독을 뿜어낼 수 있기 때문이다. 시집을 잘 살기가 만무하다. 그 집 주인 역시 시집보내려고 할 것이기에. 이렇게 끊임없이 누에는 시집을 가고 독은 멀리 파급되어 간다. 누군가는 아프고 죽을 것이며 주인도 무사하지 못할 것이다.

비단을 먹였던 업을 끊어 내는 게 해독(解毒)이다. 하지만 이는 쉬운 일이 아니다. 탐욕의 업이 얼마나 질긴지를 금잠고독은 보여 주고 있다. 우리는 모두 나름의 업을 지으며 살고 있다. 모든 업들이 얽히고설켜 활발하게 활동하고 있을 것이다. 지금

내가 당하는 이 고통엔, 이 세상 누군가의 괴로움엔 혹시 내가 비단을 먹이며 누에를 길렀던 일도 포함되지 않았는지 생각해 볼 일이다. 그것을 아는 것이 해독의 시작일지도 모른다.

30
옥지에서 나는 변소 냄새

어떤 사람이 구취가 심한 병을 앓았는데 마치 변소에 간 것 같아 친척들조차도 마주보고 말하려 하지 않았다. 이에 대인(戴人)이 말하기를 "폐금(肺金)은 원래 비린내를 주관하는데 지금 폐금이 화(火)의 억제를 받고 있는 바, 화도 냄새를 주관하므로 문득 이렇게 된 것이다. 이것이 오래되면 썩은 냄새로 변하는데, 썩은 냄새는 신(腎)이 주관한다. 이것은 화기(火氣)가 극도에 달하면 도리어 수(水)의 작용까지 겸하기 때문이다"라고 하였다. 병이 상초에 있으면 토해 내야 하므로 차조산(茶調散)을 써서 토하게 하였더니 병이 10분의 7이 나았다. 그다음, 밤에 주거환(舟車丸)을 먹여서 5~7

차례 설사하게 하였더니, 아침이 되자 냄새나던 것이 없어졌
다.「외형편」, '구설', 679쪽

　우리는 요즘 코로나로 어쩔 수 없이 마스크를 써서 입을 막
고 다니지만 입은 얼굴에서 신성한 곳이다.『동의보감』이 인용
한 도교 경전인『황정경』(黃庭經)에서는 입을 옥지(玉池)라고 했
다. 옥처럼 맑은 물이 솟는 연못이라는 뜻이다. 그 맑은 청수(淸
水)는 침이요, 혀는 영근(靈根)이니, 즉 샘물이 솟는 신령스러운
뿌리다.

　입은 음식물을 먹어 정(精), 기(氣), 신(神)을 만들고 그 기운
이 마음이 되고 말이 되어 최종적으로 나오는 곳이다. 관계와 접
속을 가능하게 하는 현장이다. 말 한마디 잘해서 천 냥 빚도 갚
을 수 있는 반면 잘못 사용하면 세 치 혀로 망할 수도 있으니 입
에서 나오는 말에는 신령스러운 힘이 있다고 할 만하다.

　성경에서도 입에서 나오는 숨과 침을 신성하게 여긴다. 천
지창조 때 하느님은 아담에게 입으로 숨을 불어 넣었고 예수님
은 장님의 눈에 침을 발라 치유했다.

　민간에서도 입김과 침을 일상의 약으로 사용했다. 아이가
놀라거나 다친 부위에 호오 하고 숨을 불어 주면 아이는 금방 웃
으며 다시 논다. 벌레에 물리거나 소소한 피부병엔 침을 발라 치

료했다. 나도 올해 장마에 텃밭에 들어갔다가 진드기에 물렸는데 오랫동안 아프고 가려웠다. 하지만 꾸준히 침을 발라 나았다. 물파스보다 훨씬 효과가 좋았다. 입에는 우리 신체의 온 힘이 모여 있는 듯하다.

> 혀는 심(心)에 속한 기관으로서 오미(五味)를 구별하여 오장(五臟)으로 나누어 보낸다. 심의 본 경맥(經脈)은 혀뿌리에 연결되어 있고 비(脾)의 낙맥(絡脈)은 혀의 양쪽에 연결되어 있으며 간(肝)의 경맥은 생식기를 돌아서 올라와 혀 밑에 연결되어 있고 신(腎)의 진액(津液)은 혀끝에서 나와 오장으로 분포되는데 심이 실제로 이것을 주관한다. 「외형편」, '구설', 677쪽

혀에는 오장의 경맥이 모두 모여든다. 그래서 이런 신령스런 힘을 발휘하는지도 모른다. 입에서 오미를 변별하여 오장에 보내고 오장은 그 힘을 다시 혀에 보내어 소통한다. 그 중에서도 심이 경맥들을 지휘한다. 여기서 오미란 감각적인 맛일 수도 있고 오행(五行)의 기운일 수도 있다. 그런데 '심기는 밖으로 혀와 통해 있기 때문에 심기가 조화되어야 혀가 오미를 변별할 수 있다'. 「외형편」, '구설', 677쪽 만약 심을 비롯한 오장에 사기(邪氣)가 들어오면 입에서 냄새가 날 수 있다. 냄새에도 주관하는 장부가 있

다. 비린내는 폐가, 썩은 내는 신장이 담당한다.

입에서 냄새가 날 때는 대부분 열이 몰렸을 때다. 위에 열이 있으면 그 기가 넘쳐서 위로 올라와 냄새가 나는 것을 우리도 느낄 수 있다. 감기로 열이 올랐을 때, 피로할 때, 신경을 너무 많이 써서 애썼을 때 단내나 쓴 내가 느껴진다.

하지만 앞의 경우처럼 변소 냄새가 날 정도면 참 심각하다. 친척조차 마주하지 않을 정도면 관계와 소통은 이미 글렀다. 왜 이토록 지독한 냄새가 나는 걸까?

『동의보감』에서는 육식을 많이 한 사람에게서 비린내가 난다고 말한다. "신경을 너무 썼거나 기름진 음식을 많이 먹어서 숨 쉴 때 비린내가 나는 경우에는 가감사백산(加減瀉白散)을 쓴다." "평소에 육식을 많이 하는 사람이 근처에 갈 수 없을 정도로 구취가 많이 나는 경우에는 신공환(神功丸)을 쓴다."「외형편」'구설', 679쪽 고기는 오행 중 화(火) 기운을 지닌다. 화는 심장이 주관한다. 또 오행의 이치로 볼 때 화는 금(金)을 극한다(화극금). 금의 장부는 폐다. 그러므로 고기를 지나치게 먹어 화 기운이 넘치면 자연히 폐를 많이 자극하게 되는데, 폐가 주관하는 냄새가 바로 비린내다.

고기를 계속 먹어서 화 기운이 넘치면 화 기운은 수(水) 기운으로 변한다. 화 기운은 양이고 수 기운은 음이니 양이 극에 달하면 음으로 변하는 것은 자연스러운 음양의 이치다. 수 기운인 신장은 썩은 내를 주관한다. 그러니 비린내가 썩은 내인 변소 냄새로 변했다. 그것이 경맥을 타고 입으로 올라온 것이다. 이로 볼 때 앞의 사례의 주인공은 육식을 많이 한 것 같다. 헐! 얼마나 고기를 많이 먹었기에 이 정도일까? 거의 고기에 중독된 게 아닐까? 그 시대에 이처럼 고기를 많이 먹을 수 있었다면 부가 넘치거나 가리지 않고 짐승을 잡아 먹던 자임에 틀림없다.

며칠 전 마트에 가 보니 돼지고기 뒷다리살이 100그램에 100원 하고 있었다. 너무 놀랐다. 이렇게 쌀 수가 있나. 공짜나 마찬가지다. 그렇다면 상대적으로 삼겹살이나 오겹살, 갈비는 매우 비싸다는 뜻이다. 실제로 그렇다. 제사 때 사려 하면 터무니없이 비싸다는 생각이 든다. 뒷다리살은 기름기가 없어 푸석푸석해서 맛이 별로 없다. 그래서 기름기 있는 부위만 잘 팔린다. 이 인기 있는 부위만을 도려내야 하니 수많은 돼지를 도살하고 뒷다리살 같은 부위는 거의 폐기처분한다. 대부분의 마트에서는 아예 갖다 놓지도 않는다. 얼마나 기름진 고기를 선호하면 이럴까? 옛날에는 제사나 명절 때만 겨우 맛볼 수 있었던 고기를 지금은 일상으로 먹고 있으니 요즘은 그 썩어 가는 냄새의 정도가 더하다고 할 수 있다. 그래서 입냄새 없애 준다는 가글 제품들이 많이 팔리고 있는지도 모르겠다. 하지만 오장에서 올라

오는 냄새를 어찌 없애랴!

청수(淸水)가 흐르는 옥지(玉池), 그 하늘이 준 샘을 회복할
수는 없을까?

부록

『스토리 동의보감』 속 슬기로운 의사들의 프로필

대인(戴人) 등장 쪽수 16, 24, 30, 41, 85, 107, 181

유완소(劉完素)·이고(李杲)·주진형(朱震亨)과 함께 금원사대가(金元四大家)를 이루는 장종정(張從正, 1156~1228)이다. 자는 자화(子和)이고, 대인은 스스로 붙인 호이다. 모든 병의 근본을 화(火)로 보았던 스승 유완소를 이어받아 한량(寒凉)한 약물을 주로 처방하였다고 알려진다. 그는 질병의 원인을 바깥에서 들어온 사기(邪氣)로 보고, 이를 배출하는 치료법으로 한(汗)·토(吐)·하(下)의 세 가지 방법을 제시하였는데 땀, 구토, 설사를 통해 병을 몰아내는 것이다. 이것이 그가 공하파(功下派)라 불리는 이유다. 장자화의 한토하법의 이론과 임상은 『유문사친』(儒門事親)에 잘 정리되어 있다.

화타(華佗) 등장 쪽수: 59, 159

편작(扁鵲)과 더불어 중국을 대표하는 명의로 꼽힌다. 화타는 원래 '선생'이라는 뜻의 존칭이었으나 이름으로 굳어졌다. 자는 원화(元化)이며 부(旉)라는 이름도 전해진다. 외과 수술에 특히 통달했다.

수술에 관한 일화 중 가장 유명한 것은 독화살을 맞은 관우의 팔을 치료해 준 것인데, 이때 관우는 마취도 하지 않은 상태로 바둑을 두며 수술을 받았다고 한다. 그러나 화타는 중국 최초로 '마비산'(麻沸散)이라는 마취제를 사용하여 외과 수술을 했다고 알려진다. 이 약을 복용한 환자가 통증을 느끼지 못하는 상태에서 수술을 마쳤다는 것. 심지어 창자를 잘라 내고 붙이는 개복 수술을 했다는 이야기도 있다. 화타는 수술은 물론 약과 침, 뜸 등에 모두 정통했으며, 병을 진단하는 능력도 뛰어났다. 환자의 맥을 짚거나 얼굴색을 살피는 것만으로 병의 경중과 예후를 판단했다고 한다. 한편, 처방에 있어서도 남달랐는데, 환자의 체질에 따라 다른 처방을 내린 것이 그것이다. 같은 증상으로 화타를 찾아온 두 사람에게 화타는 각각 설사를 해야 한다는 처방과 땀을 내야 한다는 처방을 내렸는데, 같은 병에 대해 왜 치료법이 다른가를 묻는 이들에게 화타는 두 사람의 체질이 다르기 때문에 다르게 치료해야 한다며 각기 다른 약을 주었다고 한다.

한편 화타는 오금희(五禽戱)라는 양생술의 창안자로서도 널리 알려져 있다. 오금희는 호랑이·사슴·곰·원숭이·새의 동작을 본뜬 체조의 일종으로, 도인(導引)이라고도 한다. 100세에 가까운 나이에도 화타가 장년의 모습을 유지할 수 있었던 것은 오금희를 했기 때문이라고 하며, 오금희를 전수받은 제자 오보(吳普) 역시 90세에 이르렀음에도 눈과 귀가 밝고, 치아가 건강했다고 한다.

서문백(徐文伯) 등장 쪽수: 59, 153, 164

자는 덕수(德秀), 7대에 걸쳐 12명의 명의를 배출한 서씨 가문의 4대손으로 서도탁(徐道度)의 아들이다. 서도탁은 다리가 불편하여 보행에 어려움이 있었는데, 황제(송 문제)가 이를 배려해 가마를 타고 궁에 드나들게 했을 정도로 신임을 받은 어의였다. 그가 지은 『요각약잡방』(療脚弱雜方)이란 책은 세계 최초로 각기병을 다룬 의학서적이다. 서도탁의 아들 문백과 그의 사촌 서사백(徐嗣伯), 서성백(徐成伯)의 활약으로 서씨 가문은 의술로 최고의 전성기를 맞는다. 『서문백약방』(徐文伯藥方) 3권과 『서문백요부인가』(徐文伯療婦人痕) 1권을 편찬했다.

동원(東垣) 등장 쪽수: 90, 101

금원사대가 이고(李杲, 1180~1251)를 가리킨다. 자는 명지(明之)이고 동원노인이라 자호하였다. 위기(胃氣)의 부양을 중시했던 금대의 이름 난 의사 장원소(張元素)의 제자였다. '보토'(補土)를 중심으로 하는 이동원의 비위론(脾胃論)은 스승의 영향이 컸다. 한편, 금원 교체기라는 혼란한 시대 상황도 그가 보토론을 내세우는 데 일조

했다. 원나라가 금나라 수도 변량을 포위하여 성 안에서 100만 명 이상의 백성이 떼죽음을 당하게 되는데, 이동원은 그 원인을 영양실조와 극심한 노동으로 인한 내상으로 인해 비위가 약해졌기 때문으로 보았다. 그는 '비위가 손상되면 이로부터 온갖 병이 생긴다'고 생각하여, '온보'(溫補), 즉 비위를 따뜻하고, 튼튼하게 하는 치료법을 주창했으며, 비위의 기운을 북돋아 주는 보중익기탕(補中益氣湯)이라는 새로운 방제를 만들었다. 나천익(羅天益), 왕호고(王好古) 등의 제자가 그의 학문을 계승하였다. 『비위론』(脾胃論), 『내외상변혹론』(內外傷辨惑論), 『난실비장』(蘭室秘藏), 『의학발명』(醫學發明), 『약상론』(藥象論) 등의 의서를 남겼다.

왕빙(王冰) 등장 쪽수: 96

당대(唐代)의 의사이다. 계현자(啓玄子)라 자호(自號)하였다. 일찍이 태복령(太僕令)을 지냈으므로, 왕태복이라고도 한다. 그는 어려서부터 도가 사상에 심취하였고 나이가 들어서는 의학에 몰두하였다. 자연 『황제내경』(黃帝內經)을 접하게 되었으나 『소문』(素問)이 '대대로 전하여 내려오면서 잘못이 생기어 편목(篇目)이 거듭 겹치어지고 앞뒤가 맞지 않으며 글에 담긴 뜻이 동떨어져서 차이가 매우 심하다'고 여겼기에 『황제내경소문』의 재편집을 결심한다. 장장 12년간 교정을 보고, 주석을 달고, 누락된 부분을 보충하여 『주황제소문』(注黃帝素問) 24권을 지었다. 이는 전원기(全元起)가 주를 단 『황제소문』의 뒤를 이어 다시 정리하여 주석을 단 것이기에 세칭 『차주황제소문』(次注黃帝素問)이라고도 한다.

하간(河間) 등장 쪽수: 119

장종정의 스승이자 금원사대가 중 한 사람인 유완소(劉完素, 1120~1200)를 가리킨다. 지금의 허베이성(河北省) 하간 사람이므로 유하간이라고 불렀다. 자(字)는 수진(守眞)이며 스스로를 통현처사(通玄處士)라 칭했다.

유완소는 어린 시절 아버지를 여의고, 고향 마을에는 수해가 닥쳐 고향을 떠나게 된다. 게다가 어머니마저 병으로 쓰러지는데, 세 번이나 의사를 초빙했으나 아무도 유완소의 어머니를 진찰하러 오지 않았다. 그렇게 어머니를 잃고 난 후 유완소는 의학 공부에 매진하게 된다. 한편 당시는 전란의 시대이자 역병의 시대였다. 금나라 군대가 중국 대륙을 차지하면서 전염병도 함께 퍼지기 시작했다. 대부분의 의사들은 『상한론』의 처방을 고수했으나 새로운 전염병에는 별무소용이었다. 이에 유완소는 『내경』이나 『상한론』과 같은 고전 역시 시대에 맞춰 새롭게 해석되어야 함을 깨닫게 되었다. 유완소의 '주화론'(主火論)은 이러한 배경에서 탄생하게 된 것이다.

그는 병의 원인이 풍(風)·한(寒)·서(暑)·습(濕)·조(燥)·화(火), 즉 육기(六氣)에서 비롯한다고 보았으며 육기는 일정한 조건에서 모두 화열로 변한다는 것이었다. 다시 말해 질병의 원인은 결국 화(火)로 귀결된다는 것. 그리하여 성질이 차고 서늘한 약물을 잘 써서 효과를 보았으므로 사람들은 그를 한량파(寒涼派)라고 불렀다.

지은 책은 『소문현기원병식』(素問玄機原病式), 『소문병기기의보명집』(素問病機氣宜保命集), 『선명론방』(宣明論方), 『삼소론』(三消論) 및 『상한직격』(傷寒直格), 『상한표본심법류췌』(傷寒標本心法類萃) 등이 있다.

저징(褚澄) 등장 쪽수: 128, 152

남조 제(齊)나라 하남(河南) 양적(陽翟) 사람. 자는 언도(彦道)고, 저연(褚淵)의 동생이다. 송(宋) 문제(文帝)의 딸과 결혼하여 부마도위(駙馬都尉)가 되었다. 관직을 청렴하게 수행하면서 치적을 올렸고, 의술에도 능했다. 『잡약방』(雜藥方)과 『저씨유서』(褚氏遺書)를 남겼다고 하나 『잡약방』은 현재 남아 있지 않다. 비구니와 과부를 위한 처방, 허손으로 인한 노극(勞極)에 관한 내용이 있었을 것으로 추정된다.

저징은 『내경』을 비롯하여 유부(兪跗), 편작(扁鵲), 순우의(淳于意), 화타(華陀) 등으로부터 의학적 영향을 받은 것으로 보인다. 그러나 『소문』의 오운육기에 관해서는 부정적인 입장을 취했다고 한다.

창공 등장 쪽수: 128

서한(西漢) 시대의 명의, 순우의(淳于意)가 곧 창공이다. 제(齊)나라 태창장(太倉長)의 벼슬을 지냈기 때문에 창공 또는 태창공(太倉公)이라고 부르는 것이다. 일찍이 의학에 소질을 보이므로 공손광(公孫光)과 공승양경(公乘陽慶)의 눈에 들어 의술을 전수받았다.

『사기』 「편작창공열전」에서는 황제가 창공에게 '의술은 어디에서 어떻게 닦았으며, 잘 치료할 수 있는 병은 무엇이며, 병에 걸린 사람들을 어떻게 치료를 하고 어떤 약제를 써 어떻게 병세를 호전시켰는지' 등등에 대해 하문하는데, 여기에 답하는 형식으로 창공의 스물다섯 가지 임상 스토리가 펼쳐진다. 물론 창공은 더 풍부

한 임상 경험을 가지고 있지만 시간이 오래되어 모두 기억하지는 못한다며, 지금
껏 자신이 진찰한 환자의 병증과 처방에 대해서는 모두 기록하여 그 경과를 확실
히 판별한다고 했으니, 이를 '진적'(診籍)이라 했다. 오늘날로 치면 진료 차트를 남
긴 것으로 보아도 좋을 것이다.